아오하루 포인트

AoHaru*poInt

사노 테츠야 지음

이 이야기는 픽션입니다. 실존 인물 및 단체와는 아무런 관계가 없습니다.

제1화

1

인간에게는 눈에 보이지 않는 포인트가 있다.
이것은 그 포인트가 **보이게 되어버린** 나의 이야기다.

그 포인트는 언제나 우리의 삶을 좌우한다.
포인트는 중요하다.
이 이야기는 특별히 거창하지도 않고, 복잡하지도 않거니와 난해하지도 않다. 아무튼 그렇게 이상한 이야기는 아니다. 판타지도 아니고, 픽션 같은 설정도 아니다. 아마도.
그보다는 더 평범하고 당연한 이야기, 즉 지금의 우리들에게 리얼하고 절실한 이야기라고 할 수 있다.

내가 겪는 이 특이한 현상을 사람들에게 뭐라고 설명하면 좋을까. 아직도 잘 모르겠다.
"저요, 보여요."
그렇게 말하자니 꼭 영적인 존재가 보이는 사람 같아 왠지 거북하다. "보여? 나한테도 씌어 있대. 마사카도. 그 왜, 타이라노 마사카도[#1] 있잖아."

그래서 나는 그 이야기를 거의 아무한테도 하지 않았다.

털어놓은 사람이라고는 기껏해야 병원의 담당 선생님 정도다. 그것도 부득이하게.

"여전히 환각이 보인다고?"

"환각이라고 해야 하나…… 요즘은 정말 환각이 맞는지도 의심스러워요."

"아오키, 네 이야기를 잠깐 정리해보자."

선생님이 A4 용지에 대고 펜을 놀렸다.

"이게 사람이고……."

화장실 표시 같은 모양을 그리더니, 머리 위에 「50」이라는 숫자를 적어 넣었다.

"사람 머리 위에 숫자가 보인다. 맞지?"

선생님의 말에 고개를 끄덕였다.

나는 작년에 금속 배트로 머리를 얻어맞았다.

병원 침대 위에서 눈을 떴을 때, 나는 내 머리가 고장 난 줄 알았다.

세상이 반짝반짝 빛나 보였다. 비유가 아니라 진짜로 공중에 이상한 반짝이는 가루 같은 것이 떠다녀서 당황했다.

한순간 순수하게 예쁘다고 생각했다. 그 후에야 비로소 큰일 났

#1 타이라노 마사카도 헤이안 시대의 장수. 반란을 일으켜 참수 당했으나 후세인들이 그 기상을 높이 사서 신격화되었다.

다, 이걸 어쩌지? 하는 생각이 들었고, 난감해졌다.

하루 종일 그 반짝임을 홀린 듯 멍하니 바라보는 사이 일주일이 흘렀고, 내 시야의 반짝임도 서서히 잦아들기 시작했다. 나는 약간 아쉬운 심정으로 빛이 사그라지는 모습을 지켜보았다.

이윽고 그 반짝임은 완전히 사라졌지만, 곧이어 또 다른 환각이 보이기 시작했다.

처음에는 뭐지? 싶었다.

사람들 머리 위에 두 자리 숫자가 떠 있었다.

기분 나쁘다.

그것이 그 숫자에 대한 내 첫인상이었다.

"그 숫자는 사람에 따라 다르다고 했지? 그럼 다시 묻겠는데, 너는 그게 대체 무슨 숫자라고 생각하지?"

"글쎄요, 뭐라고 설명해야 할지……. 제 생각에는 인간의 가치를 나타내는 것 같아요. 평균은 대충 50 정도고요."

"참고로 그럼 나는 몇 포인트로 보이니?"

선생님이 다소 장난스러운 목소리로 물었다. 묘하게 자신 있는 말투에 기분이 더러워졌다.

67.

"46이요."

선생님이 싫었기에 나는 거짓말을 했다.

"역시 환각 맞네."

참고로 선생님은 우리 엄마와 불륜 중이다.

46은 아버지의 포인트였다.

담임에게는 병원에 가야 해서 오전 수업에는 참석하지 못한다고 말해두었고, 허락도 떨어진 상태였다.

병원을 나서자 하늘이 눈부셨다. 하얀 햇살. 구름은 적고 오로지 하늘의 푸른빛만이 시야를 가득 채워, 이대로 어디론가 멀리 떠나고 싶은 충동이 솟구쳤다.

하지만 언제까지나 그렇게 감상적이고 현실도피적인 기분에 젖어 있을 수도 없는 노릇이라, 나는 이내 지상으로 시선을 돌렸다.

그러자 당연히 그 숫자가 눈에 들어왔다.

넌덜머리가 났다.

거리를 오가는 사람들의 머리 위에 이상한 숫자가 떠 있었다.

내게는 보인다.

나는 편의상 그 숫자를 「포인트」라고 부르기로 했다.

거리를 걸을 때도 전철을 타고 갈 때도 사람들의 머리 위로 포인트가 보였다. 이제는 적응했지만, 그래도 병원에 다녀올 때면 그 부조리함에 매번 마음이 울적해지고는 했다.

단순한 환각인지, 아니면 초자연적인 괴기현상인지는 잘 모른다.

아무튼 보였다. 누군가의 머리 위에 항상 두 자리 숫자가 둥둥 떠다니는 모습이.

별로 보고 싶지도 않은데 말이다.

그 포인트는 아무래도 사람의 가치를 나타내는 숫자인 모양이었다. 포인트가 보이기 시작한 지 얼마 안 되어 나는 그 사실을 깨달았다. 찌질한 사람의 포인트는 낮고, 잘나가는 사람의 포인트는 높았다.

등교하기 전에 역 화장실에 들러 거울 앞에 섰다. 그 속에는 초라한 모습의 남자 고등학생, 다시 말해 내가 서 있었다. 53. 평균적인 점수다.

가방에서 왁스를 꺼내 머리를 매만졌다. 그리고 안경을 벗고 콘택트렌즈를 꼈다. 성가시지만 그냥 학교에 갈 마음은 나지 않았다. 가볍게 꾸미고 나자 내 포인트는 54로 올라갔다. 미세한 차이지만, 나는 그 변화를 소중하게 여기기로 했다.

그런 다음 속으로 자기암시를 걸어 나 자신의 컨셉을 정립해나갔다. 아오킨이 아니라 아오키 나오토(青木直人)다. 아오키 나오토의 컨셉을 떠올린다. 교실에 녹아들자. 가짜 미소를 체크해본다. 가식적으로 비치지는 않을까? 허리를 펴고 얼굴 근육을 풀어준 다음 조용히 심호흡을 했다. 사실은 하나도 즐겁지 않다는 걸 들키면 안 된다. 거울을 보며 표정을 바꿔보았다. 살짝 고개를 저어 불안을 떨쳐버렸다. 마지막으로 누구를 향한 것인지 모를 기도를 올렸다. 튀지 않고, 겉돌지 않고, 오늘도 무사 평온한 학교생활을 할 수 있기를. 그리고 "힘내자."라고 거울 속의 나를 향해 말했다. 마치 트래비스나 빈센트 갈로처럼.

늦은 시간에 학교에 도착해 문을 열고 교실로 들어섰다. 이 순간에는 언제나 긴장하게 된다. 4교시는 이미 시작된 후였다.

줄지어 앉은 동급생들의 머리 위에 포인트가 떠 있었다.

49, 53,

62, 52…….

매일같이 보아온 익숙한 숫자들이었다.

49가 "아오키 너 완전 지각이야."라고 하자, 뒤이어 53이 "늦잠 잤냐?" 하고 작은 목소리로 실없는 농담을 건넸다. 사정을 설명해 봤자 분위기만 미묘해질 것 같아 "어제 인터넷 동영상을 너무 봤나 봐."라고 대답했다. "무슨 동영상인데?" "xvideos지?" 사이트 이름은 여학생들이 알아듣지 못하게 하는 은어로 작용했고, 실제로는 뭐 하나 맞는 게 없었지만 "정답."이라고 말해주었다. 키득키득 웃는 소리가 들려왔기에 그쯤에서 대화를 마무리했다.

그런 잡담을 나누다 보면 가끔씩 사라지고 싶다는 생각이 들었다. 지금 여기서 사라져버리고 싶다. 투명인간이 될 수 있다면 좋으련만.

학교는 오늘도 지루했다.

그래도 이렇게 놀림 받기라도 하니 그나마 다행이라는 생각도 들었다. 이럴 때 아무도 말을 걸어주지 않는다면 그거야말로 정말 위험한 상황이니까.

가방에서 노트를 꺼냈다.

그리고 공중에 떠 있는 우리 반 아이들의 포인트를 다시 한 번 훑어보았다.

오늘은 누구로 할까?

교실에서 가장 높은 포인트에 시선을 고정했다.

78. 단연 눈길을 끄는 숫자가 그 머리 위에 떠 있었다. 그 포인트는 그야말로 독보적으로 높았다.

짧고 검은 머리카락. 근육질의 몸과 선이 살아 있는 얼굴. 그 모습을 보면 어딘가 아름다운 까마귀가 떠올랐다. 그에게는 사람들의 시선을 잡아끄는 아우라가 있었다. 그래서인지 교실에서도 늘 대화의 중심에 있는 것처럼 느껴졌다.

소야마 후미타카.

나는 노트 오른쪽 페이지 맨 위에 잘 모르는 그 동급생의 이름을 적어 넣었다.

78.

평균이 50이니, 소야마에게는 가산 요소와 감점 요소를 합쳐 28점의 플러스 요소가 있다는 소리가 된다.

정신을 집중하고 소야마의 포인트를 뚫어지게 응시했다.

그러자 이윽고 그 포인트의 내역이 보이기 시작했다.

테니스부(+4), 키가 큼(+2), 잔근육(+2), 잘생김(+6), 멋쟁이(+3), 사회성(+7), 성적우수(+4)……. 잇달아 떠올랐다가 사라져가는 그 숫자들을 노트에 기록해나갔다.

포인트가 보일 뿐만 아니라, 집중해서 가만히 상대방을 응시하면 그 이유와 세부 내역까지도 파악할 수 있었다.

이 정체불명의 힘을 쓰면 어쩐지 피곤해진다.

아무짝에도 쓸모없는 초능력 같은 이 힘. 그냥 포인트를 보기만 할 때는 피곤하지 않지만, 그 포인트의 구체적인 내역을 알아내려고 하면 바로 녹초가 되어버린다.

첫 번째 능력, 사람의 종합적인 포인트가 보인다. 이때는 지치지 않는다.

두 번째 능력, 그 포인트의 세부 내역을 알아낼 수 있다. 이때는 집중력이 필요하다.

두 번째 능력은 하루에 한두 번 쓰는 게 한계였다.

소야마의 포인트 내역을 알아내고 나자 진이 쭉 빠져버려 수업 내용도 전혀 머리에 들어오지 않았다.

그렇게 힘들면 안 하면 되지 않느냐고 할지도 모른다. 더없이 타당한 지적이다. 하지만…….

내가 가진 이 별 볼일 없는 수수께끼의 능력. 그것을 나는 조금이나마 유익하게 활용하려고 노력하는 중이었다.

남의 포인트를 참고삼아 내 포인트를 올리는 데 힘쓴다. 예를 들어 내가 고등학생이 된 후로 멋을 내기 시작한 이유도 외모에 신경을 쓰는 사람의 포인트가 높은 경향이 있음을 깨달았기 때문이다. 그런 식으로 가설을 세우고 행동에 옮긴다. 그러한 과정을 반복하며 나는 소박하게나마 내 포인트를 높여왔다.

각설하고, 나는 다시 소야마의 머리 위에 떠 있는 78이라는 숫자를 응시했다. 또 그 내역도. 잘난 남자라고 바꿔 말해도 무방한 수치였다. 너무나 높고 너무나 완벽해서, 어디를 어떻게 흉내 내야 할지조차 가늠하기 힘들었다. 이 정도로 포인트가 높은 사람은 극히 드물다.

행복하게 살아가려면 포인트를 쌓아 올리는 게 중요하다(개인적인 의견).

인간으로서 가치가 뛰어나면 면접장에서나 회사에서나 어디서나 돋보이기 마련이다. 성공한 사람들의 포인트는 대체로 높다.

아무튼 소야마의 앞날은 창창하다.

아아, 부럽다.

그것이 내 솔직하고 진솔한 심정이었다.

부럽고 대단하다는 생각이 들었고, 다시 태어날 수 있다면 나도 저렇게 되고 싶었다.

포인트가 높은 사람은 사는 게 즐거워 보이고 또 행복해 보였다.

반면에 나는…… 나는 어떤가?

내 포인트는 54. 성적은 그럭저럭 나오고 머리는 나쁘지 않다고 생각하지만, 사회성이 좋은 편은 못 되고 키도 평균을 조금 밑돈다. 종합해보면 중간보다는 조금 위지만, 언제 추락해도 이상할 게 없다.

추락하다니, 어디로?

누구나 알고 있다. 굳이 입 밖에 내지 않을 뿐.

그러므로 나는 이래 봬도 필사적이었다. 내 이 소시민적인 인생을 지키기 위해.

열다섯. 이 나이쯤 되면 차츰 내가 특별한 존재가 아니라는 사실, 그리고 앞으로도 특별한 존재가 될 수 있을 리 없다는 사실을 깨닫게 된다.

나는 절대 뛰어난 사람이 되지는 못할 것이다.

대부분의 동급생들과 마찬가지로.

시원찮은 회사의 구질구질한 사무실에서 엑셀로 시시한 자료나 만들며 남들에게 고개 숙이고, 가기 싫은 회식 자리에서 굽실대다 중년으로 접어들 무렵에는 인공지능에게 일자리를 뺏기는 신세가 될지도 모른다. 막연한 예감이지만 그런 기분이 든다. 바람직하지는 않은 미래. 하지만 어찌해볼 도리가 없다.

내 포인트는 보통이고, 그런 만큼 내 미래도 평범하겠지.

좋지도 나쁘지도 않은, 그다지 재미날 것도 없는 인생.

그래도 괜찮다고 생각한다.

진심으로.

공연히 욕심을 부리지만 않으면 그래도 그럭저럭 그냥저냥 즐거운 인생을 살아갈 수는 있을 테니까.

인생살이, 적당히 포기할 줄 아는 게 중요하다.

2

좌우간 그렇게 신통치 않은 게 유일한 특징인, 일개 고등학생에 불과한 내게도 소소한 낙이 있었다.

바로 점심시간이었다.

그 이외에 즐거운 시간이라고는 없었다.

4교시가 끝났음을 알리는 종이 쳤고, 나는 시청각실로 향했다.
창가에 앉아서 조용히 기다렸다. 내가 먹을 빵은 학생 식당에서 이미 사다놓았다.
시계를 보았다. **그 애**는 올 때도 있고, 오지 않을 때도 있었다.
이윽고 우리 반 여학생 한 명이 안으로 들어왔다.
나루세 코코아였다.
나루세가 문을 연 순간, 회색빛이었던 내 세계가 총천연색으로 변하는 느낌이 들었다.
"고생이 많아."
나루세는 항상 그렇게 인사를 건넸다. 내가 그렇게 피곤해 보이나? 그럴지도 모른다.
나루세의 포인트는 무려 74점이나 되었다.
예전에 나루세의 포인트 내역도 살펴본 적이 있다. 자세히 기억나지는 않지만, 아마 그것도 노트에 메모해두었을 터였다. 그 포인트가 높은 까닭은 오직 하나, 나루세가 어마어마하게 예쁘다는 점에 힘입은 바가 컸다.
한마디로 나루세는 끝내주게 예뻤다.
아마 학년 전체에서 으뜸이지 않을까.
나루세의 외모는「노력하는 천재」라 부르기에 손색이 없었다.
단정한 이목구비, 투명해 보이는 뽀얀 피부, 오뚝한 콧날, 크고 촉촉한 눈망울, 가느다란 목. 하나같이 천부적으로 완벽했다.
그런데다 밝고 연한 미디엄 기장의 머리카락은 빈틈없이 반듯하게 손질되어 있어 늘 세련된 분위기를 자아냈다. 군살 없는 체형에 가느다란 눈썹, 입술은 은은한 핑크색이었다. 행동거지 하나하나가 야무져 보였다. 그리고 옆에 있으면 항상 좋은 냄새가 났다.

"아오키."

나루세는 시청각실 책상에 도시락을 펼쳐놓고 식사할 준비를 했다.

"너 수업 시간에 맨날 노트에 뭔가 적고 있더라. 필기하는 눈치는 아니던데, 뭘 쓰는 거야?"

나루세의 물음에 나는 당황했다.

우리 반 아이들의 포인트를 기록해둔 노트.

그 노트의 존재가 알려지면 틀림없이 기겁하겠지.

누구든 그 노트를 보면 기분 나쁘다고 생각할 테니까. 그 정도는 나도 안다.

"그냥 별거 아냐. ……진짜라니까."

내 대답에 나루세는 뭔가 석연치 않은 표정을 지었지만, 결국 도로 입을 다물었다.

미묘하게 어색한 분위기가 흐르는 바람에 후회했다. 상황을 수습하려는 의도인지, 나루세가 먼저 화제를 바꿔주었다.

"아참, 지난번에 빌려준 이쿠애미 료 말이야. 다 봤어."

"어땠어?"

"진짜 재밌었어! 슬프더라. 울었어."

"나루세 넌 맨날 그 소리만 하더라."

"아니거든? 아오키 넌 가끔 심술궂은 소리를 해서 탈이야."

나루세는 뾰로통하게 입술을 내밀고 살짝 항의하는 듯한 표정을 지었다. 으아, 귀여워. 그런 마음의 소리가 표정에 녹아서 겉으로 드러나지 않도록 나는 최대한 심드렁한 척했다.

나루세와 나는 가끔 이렇게 시청각실에서 점심을 먹으며 순정만화 이야기를 나누고는 했다.

내게 그것은 소박한 비밀의 시간이었다.

＊＊

원래 나루세와 나 사이에는 아무런 접점이 없었다. 따지고 보면 당연한 게 나루세는 학급의 중심인물이자 반짝반짝 빛나는 학교생활의 아이돌인 반면, 나는 아무것도 내세울 게 없는 54 포인트의 평범한 학생에 불과했기 때문이다.

나루세 같은 타입은 이를테면 소야마처럼 포인트가 높은 애들과 이야기를 나누기 마련이다. 실제로 나루세가 평소에 대화하는 남학생은 소야마 그룹의 멤버인 경우가 많았다.

그런 우리 사이에 접점이 생겨난 것은 두 달 전, 4월의 어느 날 방과 후의 일이었다.

참고로 나는 순정만화를 즐겨 읽는다. 계기는 사소해서, 누나 방 책장에 꽂혀 있기에 무심코 읽다 보니 점점 빠져들었다. 한때 내내 집에 틀어박혀 지냈던 시기가 있어서 남아도는 시간을 죽이려고 동서고금의 순정만화를 차례차례 독파해나갔고, 그러는 사이 내 용돈을 써가며 사다 보게 되었다.

하지만 나는 내가 순정만화 애독자라는 사실을 숨기려 애썼다. 남자가 순정만화 팬이라는 게 탄로 나면 포인트가 폭락할 것 같았기 때문이다.

그러나 어느 날 점심시간, 몰래 가져온 순정만화를 나루세에게 들키고 말았다.

"아오키, 너 순정만화 좋아해?"

뜻밖이라는 얼굴로 나루세가 물었다. 이런, 망했다. 이를 어쩌지? 나는 쩔쩔맸다. "나도……." 동시에 여태껏 전혀 접점이 없었던 나루세가 불쑥 말을 걸어오는 바람에 조금 놀라기도 했다.

"좋아하거든, 순정만화."

나루세의 말에 나는 깜짝 놀라 그 얼굴을 쳐다보았다. 그때 거의 처음으로 나루세의 얼굴을 가까이서 보고 역시 예쁘다고 생각했다. 그리고 그 속내를 감추듯 "창피하니까 비밀로 해주지 않을래?" 하고 부탁했다.

"그렇게 부끄러워할 만한 취미는 아닌 것 같은데?"

그리고 나루세는 왠지 묘하게 진지한 얼굴로 덧붙였다.

"있잖아, 아오키. 추천할 만한 순정만화 있으면 빌려줘."

조금 망설이면서도 나는 이튿날 집에 있던 순정만화를 쇼핑백에 담아서 학교로 가져갔다.

"저기, 나루세."

점심시간이 되기를 기다려 나는 나루세에게 말을 걸었다. "왜?" 나루세가 나를 돌아본 순간, 불현듯 이대로 교실에서 계속 이야기하는 게 조금 부담스럽다는 생각이 들었다.

"시청각실로 가지 않을래?"

"응, 좋아."

시청각실에 다른 학생들은 없었다. 평소에 쓰는 건물에서 조금 떨어진 곳에 있기 때문이겠지. 그래서 일부러 이곳을 선택한 것이기도 했다.

"세상에, 이렇게 많이 가져온 거야? 고마워."

내가 챙겨온 만화책 서른 권을 보고 나루세가 조금 놀란 기색으로 말했다. 하지만 내게는 그 반응이 너무 많아서 약간 꺼림칙해 하는 것처럼 들렸고, 그래서 약간 풀이 죽었다.

"미안, 너무 많지?"

"에이, 아냐. 무슨 소리야. 생각이 지나쳐."

그 후로 우리는 가끔 시청각실에서 만나서 순정만화 이야기를 나누는 사이가 되었다.

아마 나루세는 그저 순정만화 이야기를 할 상대가 필요했던 것이리라.

그렇지 않고서야 나루세가 나처럼 포인트 낮고 무가치한 인간과 어울리는 이유를 설명할 수가 없으니 말이다.

* *

어쨌거나 나루세는 예쁘다. 그래서인지 나는 이따금 마음을 열고 전부 속 시원하게 고백하고 싶어졌다. 예를 들면 포인트에 관해서라든가. 이해해주지 않을까, 가능성이 있지 않을까. 그런 달콤한 유혹에 사로잡히고는 했다.

단순히 포인트에 관해서만은 아니다. 그 포인트에 이토록 구질구질하게 집착하는 내 내면을 나루세라면 받아들여주지 않을까? 그렇게 이기적인 기대를 해본다. ……물론 한순간이지만.

그리고 바로 포기한다.

마음 같아서는 나루세에게 솔직하게 다 털어놓고 싶다. 너를 좋아한다고. 정말로 좋아한다고.

그렇지만 말할 수 없다.

말할 수 있을 리 없다.

우리는 전혀 어울리지 않는다. 내 식으로 표현하면 포인트의 격차가 너무 크다.

그래도 내게는 이 기적 같은 시간이 무척 소중했다.

그러니 이것으로 만족하자.

더는 아무것도 바라지 말자. 그렇게 마음먹었다.

이것은 어중간한 포인트의 소유자인 내가 노력해서 성장해나가는 이야기가 아니다.

내가 적당한 수고를 들여 요령껏 살아가고자 애쓰는 이야기. 적당한 행복을 꿈꾸는, 하잘 것 없고 시시한 이야기에 가깝다.
나는 「세상살이 적당한 게 최고」라는 사실을 안다.
그러므로 거창한 희망은 품지 않는다.
이를테면 나루세와 사귀고 싶다는 얼토당토않은 생각은 하지 않는다.

3

그렇게 그럭저럭 그냥저냥 흘러가야 마땅했을 내 고교 생활에 변화가 생기고 만 것은 6월의 방과 후였다.
하굣길이었다.
나는 느닷없이 불안해졌다. 무언가를 깜빡한 느낌이 들었다. 하지만 뭘 깜빡했는지는 알 수 없었다.
근거는 없지만 어딘가 기묘한 존재감이 느껴지는 불안감을 억누르며 혼자 집으로 가는 길을 걷다가, 아무래도 마음에 걸려서…….
걸음을 멈추었다.
인적 없는 버스 정류장 벤치에 앉아 가방 지퍼를 열었다.
그러자 역시나 없었다.
그 노트가 없었다.
반 아이들의 포인트를 적어둔 노트가 보이지 않았다.
피가 식는 기분이었다.
아뿔싸.

아무래도 교실에 놔두고 온 모양이었다. 게다가 어쩌면 책상 위에다 덜렁 올려놓고 왔는지도 모른다.

불길한 예감이 밀려와, 나는 급히 학교로 돌아가기로 했다.

만약 누군가 들춰보기라도 하면 큰일이다.

위험하다.

아무리 생각해도 위험하기 짝이 없다. 들키는 날에는 다 끝장이다.

같은 반 애들의 점수를 꼼꼼하게 기록해놓다니, 어디로 보나 음험한 인간이지 않은가. 실제로 「키가 작다(−2)」느니 「멍청하다(−1)」느니 해놓은 것도 모자라 더 신랄한 평가마저 써놓았으니 말 다했다. 그런 내용이 동급생의 눈에 띄면 큰일이다. 그러면 여기서 인생을 마감해야 한다.

교실로 들어갔다.

그날은 남아 있는 사람이 거의 없었다.

딱 한 명.

홀로 교실을 지키고 있던 사람은 같은 반인 카스가 유이(春日唯)였다.

그 얼굴을 본 순간, '아, 바보 카스가다.' 하고 생각했다.

바보 카스가.

포인트는 42점.

이야기해본 적은 거의 없다시피 했지만, 왠지 그 존재만은 또렷이 기억하고 있었다.

그 까닭은 아마 카스가의 포인트가 남들보다 현저하게 낮기 때문일 것이다.

한마디로 교실의 이물질 예비군이라고나 할까?

카스가는 바보다.

촌스러울 뿐 아니라 미묘하게 눈치도 없다.

걸핏하면 지각을 일삼는 데다 수업 시간에 선생님이 질문을 하면 엉뚱한 소리만 늘어놓았다. 불량학생은 아니지만 그 행실은 문제아나 마찬가지였다.

직접 자르는지 앞머리는 일자였는데, 하나도 안 어울렸다. 안경잡이에 분위기 파악도 못하고 어수룩했다.

친구는 느낌상 없을 것 같았다.

평소에는 무기력하고 과묵하지만, 일단 입을 열었다 하면 멈출 줄 모르고 따발총처럼 지껄여댔다. 그래서 남들과 대화하는 데 문제가 있었다.

장점은 딱히 눈에 띄지 않았다.

그런 주제에 쓸데없이 정의감만 강해서, 그 점이 주위에서 카스가를 멀리하는 원인으로 작용했다.

카스가의 포인트가 결정적으로 추락한 날은 아마 나뿐만 아니라 다른 아이들의 기억 속에도 남아 있을 터였다.

학급 임원을 뽑는 날, 남자는 소야마가 입후보해서 순조롭게 결정되었지만 여자 쪽은 좀처럼 결론이 나지 않았다. 그러자 누군가 반에서 가장 소심한 여자애를 추천했다. 요컨대 귀찮은 일을 떠넘기려고 한 셈이다. 그때 "그건 이상해."라며 벌떡 일어선 사람이 바로 카스가였다. 그 후에 입후보를 통해 여자 임원은 카스가가 맡게 되었다. 모두가 싸늘한 눈길로 카스가를 보았다. 그날 이후 카스가의 포인트는 확 떨어졌다.

한마디로 카스가에게는 계산적인 면이 조금도 없었다.

어떤 의미에서 카스가는 나와 정반대 타입이었다.

나는 내심 카스가를 깔보고 있었다.

되도록 얽히고 싶지 않았다.

그런데 하필 그 카스가가 내 노트를 함부로 펼쳐보고 있었다.

그 광경에 나는 극도로 동요했다.

"……야, 그거 내 노트 아냐?"

나는 카스가에게로 다가가며 희미한 분노를 담아 물었다.

그러자 비로소 카스가가 이쪽을 돌아보았다.

"응. 이거 역시 아오키 네 노트 맞지?"

이게 미쳤나? 지금 뭐하자는 거야?

"뭐야, 왜 남의 노트를 멋대로 훔쳐보고 난리야?"

나는 카스가에게서 노트를 빼앗으려 했다. 하지만 카스가는 그런 내 손을 잽싸게 피했다.

"그야 아오키 네가 맨날 진지한 얼굴로 수업이랑 관계없어 보이는 걸 노트에 적어댔으니까. 전부터 도대체 뭘 그렇게 쓰는 걸까 궁금했거든."

"아니, 그렇다고……."

"그래서 봐버렸지."

그래서는 뭐가 그래서야. 남의 노트 함부로 훔쳐보지 말라고.
"아오키, 부탁이야."
카스가의 묘하게 진지한 얼굴에 나는 그만 움찔하고 말았다.
"내 포인트도 가르쳐줘."
그 말에 등골이 오싹했다.
이 녀석, 다 알아챘구나 싶었다.
"있잖아, 난 몇 포인트야?"
42.
포인트는 지금도 여전히 카스가의 머리 위에 표시되어 있었다.
"몰라. 얼른 노트나 내놔."
"아오키. 이 노트, 딴사람이 봐도 상관없어?"
한순간 카스가의 말뜻을 이해하지 못해, 나는 그 자리에 얼어붙었다.
딴사람이…… 본다고?
"이 노트에 적힌 내용, 우리 반 애들한테 이야기해도 괜찮겠냐고. 아오키가 너희에게 멋대로 점수를 매긴다고 말이야."
"협박하는 거야?"
그야 괜찮지 않다. 괜찮지는 않겠지. 괜찮지 않을 게 분명하다. 곤란하다. 안 된다. 내 고교 생활이 파탄난다. 완전히 종치고 만다.
만약 이런 중2병스러운 노트의 존재가 발각되면…… 그러면 그 후에 나를 기다리는 것은 파멸뿐이다.
겨우 54포인트밖에 안 되지만, 그래도 필사적으로 쌓아 올린 내 포인트다. 이렇게 허무하게 잃어버릴 수는 없었다.

"이걸 보다 보니까 내 포인트는 얼마나 될지 궁금해졌어."

그렇게 말하는 카스가의 표정은 어쩐지 불안해 보여, 도무지 그 속내를 짐작할 수가 없었다.

"그러니까 아오키, 네가 생각하는 내 포인트를 알려줘."

나는 가볍게 혀를 차고 "알았어."라고 대답했다.

이렇게 옥신각신 실랑이를 벌이는 와중에 다른 누군가가 교실로 들어올지도 모른다. 우리의 대화를 듣고 그 누군가마저 노트의 존재를 알게 될까봐 두려웠다.

"좋아, 그럼 잘 들어."

나는 노려보다시피 카스가를 똑바로 쳐다보았다.

정신을 집중한다.

카스가의 포인트 내역을 가만히 응시했다.

"눈치 없음(−4), 촌스러움(−1), 공부 못함(−1), 친구 없음(−2)."

피로가 물밀듯 밀려와 현기증이 나려고 했다. 그것을 애써 참으며, 나는 짐짓 냉랭한 말투로 카스가에게 통보했다.

"42."

내 선언에 카스가가 실망한 얼굴로 이쪽을 보았다.

"카스가, 네 포인트는 42점이야."

"낮네."

난감한 기색으로 카스가가 말했다.

"아무튼 고마워."

그리고 어딘가 후련한 표정으로 덧붙였다.

"어…… 저기, 미안."

욱해서 그만 모진 소리를 해버린 것 같아, 나는 우물쭈물 사과했다.

"말이 좀 심했지?"

"사과할 거 없어."

카스가는 나직하게 한숨을 쉬었다.

"어떤 의미에서는 사실일 테니까."

말은 그렇게 했지만, 카스가는 역시 상처받은 것처럼 보였다.

"……근데 카스가. 왜 네 포인트를 알고 싶었던 거야?"

내 질문에 카스가는 잠시 뜸을 들이다가 입을 열었다.

"남들이 나를 어떻게 생각하는지 궁금했거든."

"갑자기 왜?"

내가 보기에 카스가는 남의 시선을 의식하며 사는 타입 같지 않았다. 그래서 그저 순수하게 호기심이 생겼다.

"아오키, 좋아하는 사람 있어?"

뜬금없는 질문에 나는 당황했다.

"있어."

그렇게 대답해놓고 제풀에 놀랐다.

그야 나라고 여태껏 살면서 「좋아하는 사람 있어?」라는 질문을 한 번도 받아보지 않은 것은 아니다. 다만 그럴 때면 나는 항상 대답을 피하고는 했었다.

그런데 카스가에게는 스스럼없이 사실대로 말해버렸다. 신기했다. 어쩌면 카스가의 이상하게 솔직담백한 태도가 내게 영향을 끼쳤는지도 모른다.

"나도 있거든."

사실 조금 뜻밖이었다. 카스가는 연애에 흥미가 없는 사람처럼 보였기 때문이다.

"그래서…… 고…… 할까 해서." 기어들어가는 목소리여서 뭐라고 하는지 통 알아들을 수가 없었다.

"뭐라고? 안 들려."

내 말에 울컥했는지, 카스가의 목소리 톤이 약간 올라갔다.

"고백, 하고 싶다는 생각이 들어서. 하고 싶어서."

그 음성도 눈빛도, 손도 가늘게 떨렸다.

"뭐? 잠깐, 그 말은, 그러니까……."

어쩐지 죽도록 끔찍하고 불길한 예감이 엄습해오는 바람에 나는 "혹시…… 날 좋아해?"라고 물었다.

"착각하지 마."

카스가는 기분 나쁜 기색으로 대꾸했지만, 나는 이 대화가 성가신 방향으로 흘러가지 않아서 다행이라는 생각에 내심 조금 안도했다.

"너 말고, 소야마."

"소야마?!"

나는 이중으로 경악했다. 우선 별로 친하지도 않은 나한테 연애

상담을 하는 카스가의 무방비함에 놀랐고, 또 그 대상이 카스가가 감히 넘볼 상대가 아니라는 사실에 놀랐다.

"소야마, 같이 학급 임원으로 활동할 때 진짜 친절하거든. 또 멋있고."

"소야마하고 너는…… 음, 뭐랄까……."

뭐라고 해야 좋을지 몰라, 입을 연 내 말끝은 허공을 방황했다.

"똑바로 말해."

"전혀 안 어울린다고."

"시끄러. 입 다물어."

"네가 똑바로 말하라며……."

"그럼 계속해. 속행. 말해봐."

"너희 둘의 포인트 차이. 비극적, 궤멸적, 파멸적."

"역시 그냥 입 다물어."

카스가는 창피한 기색으로 그렇게 말했다. 그 반응에 나는 카스가가 진심이라는 사실을 깨달았다.

어쩐다?

생각한 지 2초 만에 결론이 나왔다.

내버려두자.

이딴 바보가 뼈아픈 꼴을 당하든 말든 내 알 바 아니다.

상관없다.

상관없는 일에 애써 개입할 필요도, 연연할 필요도 없다.

어찌되든 관심 없다.

"그래, 모쪼록 잘해봐라. ……그럼 난 간다."

돌아서려는데 불현듯 의문이 싹텄다.

이렇게 포인트가 한쪽으로 기우는 연애가 과연 성립할 수 있을까?

아니, 불가능하겠지.

그러면 어떻게 될까?

여태까지 경험한 패턴을 떠올렸다. 내 관찰 범위 내에 있는 과거의 기억을 머릿속으로 곱씹어보았다.

지금의 카스가와 소야마는 포인트의 차이가 너무 크다. 고백해도 틀림없이 퇴짜를 맞을 테지.

타당하다는 느낌이 전혀 없다.

타당하지 못한 행동을 하면 이미지가 나빠진다.

이미지가 나빠지면…… 포인트는 또다시 큰 폭으로 떨어진다.

웃음거리가 되고 놀림감이 되고, 조롱당하고 괴롭힘을 당하게 된다.

나는 한때 그런 사람을 알았던 적이 있다. 그 녀석이 최종적으로는 어떻게 되었는지도 똑똑히 기억한다.

아마 좋은 꼴은 못 보겠지.

카스가의 포인트가 더 떨어지면…… 십중팔구…….

그런 모습은 별로 보고 싶지 않았다.

왜지?

카스가가 어찌되든 나하고는 상관없는 일인데.

무가치하다. 시시하다. 관계없다. 내버려둬. 나한테 도움 될 게 없잖아. 냉정하게 손익을 따져봐야 한다. 인간관계에 대차대조표가 있다면 카스가에게 관여해봐야 마이너스가 될 뿐이다. 이득은 없다. 손실밖에 없다. 손해만 볼 뿐이다. 무의미. 비합리. 비생산적. 헛수고, 시간낭비.

하지만 멍청한 짓임을 알면서도 어쩐지 그냥 내버려둘 수 없다는 느낌이 들었다. 정확하게는 들기 시작했다. 서서히. 1초가 지나고, 2초가 지나고, 3초, 4초……. 그 내버려둘 수 없다는 느낌은 바이러스처럼 빠르게 증식해갔다. 그리고 원인불명의 고열에 시달리듯, 나 스스로도 영문을 모르는 채로 고개를 돌려 카스가를 보았다.

보잘 것 없는 카스가.

자기 능력이 닿지 않는 일을 한달음에 해내려고 안간힘을 쓰는 것은 어리석은 짓이다. 그건 용기가 아니라 무모한 자살행위다.

그랬다가 고백이 실패로 돌아가는 날에는 최악의 경우…… 뭐랄까, 예를 들면 괴롭힘을 당할 수도 있다. 그런 상황이 벌어지는 건 딱 질색이었다.

문제는 카스가가 그 아슬아슬한 경계선에 있다는 점이었다.

"카스가. 소야마한테 고백이라니, 그게 성공할 리가 없잖아. 안 그래? 카스가, 사람은 자기 분수를 알아야 해."

나는 희미하게 떨리는 목소리로 카스가를 설득해보았다. 이러면 카스가가 단념해주지 않을까 하는 어렴풋한 기대를 품고.

마치 나 자신을 타이르는 느낌이었다.

정신 차려, 카스가.

자기 분수에 맞게 사는 게 여러모로 좋다고.

편하고.

무엇보다도 상처 입지 않아도 되고, 좌절하지 않아도 되잖아.

무리하지 않는 편이 나아.

실제로 난 늘 그렇게 생각하며 산다고.

"안 돼. 소야마한테 고백하겠다고? 실패할 게 뻔해. 고백 같은 건 하지 마."

"그걸 아오키 네가 어떻게 알아?"

"알아. 왜냐하면 나도……." 나루세를 좋아하니까.

"그럼 나더러 이 좋아하는 감정을 죽이고, 평생 포기한 채로 살라는 거야?"

그래. 「바로 그거야.」「잘 아네!」「정답입니다!!」 같은 말들이 여름밤에 쏘아 올리는 불꽃처럼 내 머릿속에 잇달아 성대하게 피어올랐다가 사라졌다.

"아냐."

그럼에도 나는 다시 카스가를 바라보며 전혀 다른 말을 내뱉었다.

내가 지금 무슨 소리를 하는 거지?

바보 같다고 생각한다. 진심으로.

하지만.

나처럼 포기하면서 살아가는 게 영리한 선택이라고 남 앞에서 떳떳하게 말할 자신은 없었다.

그렇게 생각하자 충동적으로, 실제로는 생각해본 적도 믿어본 적도 없는 말이 불쑥 입 밖으로 튀어나왔다.

"포기하지 않아도 돼. 포기할 필요 없어. 포인트를 올리기 위해 노력하면 돼."

고백해도 된다. 고백할 수 있다. 포인트를 더 끌어올리면.

"포인트를 올리면……."

상대방에게 걸맞은 사람이 되어 좋아한다고 말하면 된다.

아무런 노력도 하지 않고 어차피 안 된다는 소리만 하다가 체념이 온몸으로 전이되어 더는 손 쓸 도리가 없어지기 전에 말하면 된다.

"좋아한다고 말할 수 있어."

그러면 틀림없이 뭔가가 달라질 것 같은 예감이 들었다.

"나도 나루세 코코아한테 고백할 테니까, 그때 우리 같이 고백하자."

"나, 나루세였어? 아오키 네가 좋아하는 애가?"

"왜, 그럼 안 돼?"

"……전혀 안 어울려." 그렇게 말하며 카스가는 왠지 조금 기쁜 듯 웃었다.

"네가 할 말은 아닌 것 같은데."

"남의 일은 객관적으로 판단할 수 있거든."

그리하여 카스가와 나는 방과 후의 시청각실에서 함께 우리의 포인트를 높여나가자고 약속했다.

앞길은 분명 험난할 테지만, 그래도 도전해보기로 마음먹었다.
그리고 이 만남이 카스가와 내 고교 생활의 분기점(포인트)이 되었다.

제2화

1

카스가와 내가 회의할 장소를 고르는 것은 비교적 중요한 문제였다.

“난 아무데나 상관없는데.”

카스가는 그럴지 몰라도, 나는 「아무데나」는 곤란했다.

만약 카스가처럼 포인트가 낮은 여자애하고 이야기하는 모습을 우리 반 애들한테 들키기라도 했다가는……. 상상만 해도 소름이 쫙 돋았다.

이튿날 아침에는 보나마나 칠판에 멋들어진 커플 우산이 그려져 있을 테지.

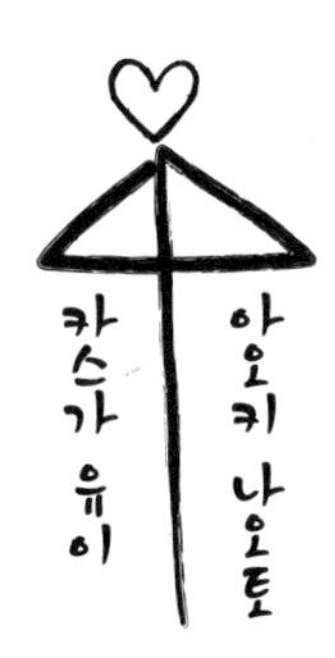

으아, 너무너무 싫다! 몸서리쳐지게 싫다. 그런 상황만은 죽어도 사양이었다.

그런 일이 벌어지는 날에는 내 포인트는 단숨에 추락하다 못해 폭포마냥 곤두박질쳐 비참한 신세가 되고 말겠지. 즉 학교생활의 죽음이다. 「죽음에 이르는 병이란 곧 절망을 일컫는다」 키르케고르는 말했다. 그러나 내 기준에서 학교생활의 죽음이란 곧 포인트의 하락이다. 포인트가 떨어지면 정상적인 학교생활은 물 건너가는 셈이라 해도 과언이 아니다. 그저 고통스러운 미래의 풍경만이 눈앞에 그려질 따름이다.

포인트는 교우관계에 따라 변동한다.

카스가와 긴 시간동안 진지한 분위기로 대화하는 모습을 다른 아이들에게 들켜서는 안 된다. 그것만큼은 무슨 수를 써서라도 피해야 할 최우선 사항이었다.

자, 그럼 카스가와 대체 어디서 이야기를 나누어야 할까?

일개 고등학생인 내게 선택의 여지는 많지 않았다.

……그리하여, 하는 수 없이.

달리 갈 곳도 없었으므로.

나는 카스가를 우리 집으로 데려왔다.

"실례합니다."

카스가는 고타츠 책상 앞 마룻바닥에 오도카니 앉았다.

"아오키 방, 깨끗하네."

그렇게 말하며 카스가가 방 안을 둘러보았다. 원래부터 필요 없는 물건은 두지 않는 편이고, 물건이 적으니 어지럽히려야 어지럽힐 도리가 없다. 침대와 고타츠 책상, 방석 대용으로 쓰는 쿠션 말고는 거의 아무것도 없다시피 했다. 10대 청소년의 방 치고는 깨끗한 축에 속할지도 모른다.

"그래서 인간관계도 깨끗한 걸까?"

카스가가 나직하게 중얼거렸다. 미묘하게 거슬리는 발언이었다.

"그거 친구가 없다는 뜻이야?"

"……있어?"

"없지만, 그거랑 방 상태를 연관 지으면 앞으로는 마음 편히 청소를 못하게 되잖아."

"알았어. 미안해, 내가 실수했어."

카스가가 순순히 사과했으므로 일단 그냥 넘어가기로 했다.

"그럼 갑작스럽지만……."

나는 의도적으로 주의를 환기하며 그렇게 운을 뗐다. 그리고 예의 그 노트를 펴고 「포인트에 관하여」 회의 주제를 샤프로 적었다.

"우선 현재 상황부터 확인해보자."

나는 다시 한 번 카스가에게 현재의 포인트와 그 내역에 관해 설명해주었다.

일괄적으로 포인트라고 부르지만, 사실 그 안에도 다양한 종류가 있다(개인적인 분석).

포인트를 크게 분류하면 고정 포인트와 변동 포인트로 나눠진다.

고정 포인트란 앞으로 어지간한 일이 있지 않은 한 변동할 리 없는 포인트를 가리킨다. 다시 말해 노력으로는 개선하기 어렵다는 뜻이다. 이를테면 키가 여기에 해당한다. 고등학생이면 키가 클 가능성이 전혀 없다고 할 수는 없지만, 일반적으로 생각할 때 무럭무럭 자랄 나이는 아니다.

그렇다면 카스가의 포인트 중에서 고정된 요소는 뭐가 있을까?

먼저 카스가의 외모부터 살펴보기로 했다.

카스가의 키는 평균보다 조금 작다. 하지만 여자이므로 그게 큰 마이너스 요소로 작용하지는 않을 터였다.

다음은 얼굴. 본인 면전에서 여자의 외모를 이러쿵저러쿵 평가하자니 다소 양심이 켕겼다.

“카스가, 네 얼굴은 몇 포인트쯤 될 것 같아?”

“백점 만점……?”

“너 강철 멘탈이구나.” 솔직히 좀 부러웠다. 나도 저렇게 생각하고 싶지만 불가능했다.

카스가의 주장은 무시하고, 일단 보통이라고 치기로 했다.

그렇다. 카스가는 딱히 타고난 외모가 못난 타입은 아니었다. 고정 포인트는 오히려 괜찮은 편일지도 모른다. 그것이 내가 카스가에게 포인트를 올리기 위해 노력해보자고 제안한 이유이기도 했다. 어느 정도 개선될 가능성이 엿보였기 때문이다.

아니, 어쩌면 카스가의 얼굴 생김새 자체는 평균보다 상당히 위일지도 모른다.

반면에 카스가의 전체적인 인상은 결코 좋은 편이 못 되었다.

문제는 오히려 카스가의 변동 포인트, 패션 감각 쪽에 있었다.

"카스가, 저기, 뭐랄까……."

우리 학교는 사복을 입는다. 그 점이 카스가에게는 비극이었는지도 모른다.

사실 내 패션 센스도 딱히고 별로고 전혀다. 다만 카스가는 더 끔찍한 수준이었다.

무관심하다는 말이 적합할지도 모른다.

왠지는 몰라도 매일같이 회색 후드티에 회색 바지를 매치해서 입었다. 게다가 크로스백 끈을 최대한 늘여서 숄더백처럼 메고 다녔다. 화장기는 없었다. 어떤 의미에서는 중성적이라고 볼 수도 있겠지만, 입이 험한 애들은 「완전 시궁쥐」「나 홀로 린다린다」[#2]라고 입방아를 찧어댔다.

또 카스가의 트레이드마크나 다름없는 도수 높은 안경도 골치 아팠다. 얼굴 전체를 큼직하게 뒤덮어 외모의 밸런스를 극단적으로 무너뜨려놓았다. 뭐냐고. 네가 무슨 개그맨이냐고.

패션은 절망적. 다만 이 부분은 개선의 여지가 있어 보였다. 그것도 비교적 빠르게.

"카스가, 안경 좀 벗어봐."

"뭐? 왜?"

"잔말 말고."

#2 린다린다 일본 밴드 블루 하츠의 대표곡. '시궁쥐처럼 아름다워지고 싶어'라는 가사로 유명하다.

답답한 마음에 쓱 손을 뻗어 카스가의 안경을 벗겼다.

"뭐하는 거야?"

눈과 눈이 마주쳤다. 훨씬 낫잖아. 고개를 들자 카스가의 머리 위에 떠 있는 포인트가 43으로 1점 올라간 게 보였다. 별것 아니네 하는 생각이 들었다. 카스가의 경우 밑바닥에서 시작하는 만큼 끌어올리기도 쉬울 듯했다.

"카스가, 렌즈 껴."

"우움, 싫은데."

카스가가 다시 그 우스꽝스러운 안경을 쓰자마자 포인트는 도로 42점으로 내려갔다.

"그런 소리 하지 말고 껴봐."

다음은 성적이었다. 이것 역시 상당히 절망적이었다.

"카스가. 지난번 중간고사, 어땠어?"

내가 얼마 전에 본 시험 점수를 묻자, 카스가는 왠지 대답을 망설였다. 쓸데없이 미적대는 게 짜증 났다.

"6, 60점쯤 됐던가?"

"쯤은 뭐야? 점수에 쯤이 어딨어?"

"기, 기억이 안 나는걸 어떡해?"

하지만 나는 카스가가 공부를 못한다는 사실을 안다. 아마 나뿐만 아니라 우리 반 애들 대부분이 알고 있겠지만 말이다. 선생님이 뭔가 질문했을 때 카스가가 맞는 대답을 하는 모습을 본 적이 없다. 심지어 요전에는 사회 선생님이 국민의 3대 의무가 뭐냐고 묻자, 무슨 착각을 했는지 "식욕, 수면욕, 성욕입니다."라고 쓸데없이 자신만만하게 대답했다가 개망신을 당하기까지 했다.

"됐고, 사실대로 말해. 나한테 내숭 떨어봤자 무슨 소용이야?"

그러자 마지못해 카스가는 자기 점수를 실토했다.

하나같이 간당간당하게 낙제를 면한 수준이어서, 그 정도로 심각할 줄은 몰랐던 나는 우울한 심정이 되었다.

"그래봤자 아오키 너도 공부를 엄청나게 잘하는 건 아니잖아."

카스가는 민감한 부분을 건드리면 말투가 유난히 직설적이 되는 경향이 있었다. 방에 단둘이 있어서 그런지, 카스가는 줄곧 날이 서 있는 상태였다. 그러거나 말거나 크게 상관은 없지만, 약간 성가셨다.

"좋아, 그럼 나도 공부할게. 하지만 지금도 카스가 너보다는 나아."

설득하다 보니 성가신 일이 늘어나고 말았다.

"다음은 사회성……."

이번 항목 역시 나도 뛰어난 편은 아니어서 큰소리칠 형편은 못 되었다. 말 한마디라도 잘못하면 곧바로 부메랑이 날아와서 내 가슴을 꿰뚫을 테니까.

"난 괜찮은 편이지?"

"아니, 전혀."

카스가는 반에 친구가 없다. 표면적인 말동무조차도 없다. 완벽하게 고립된 상태다. 그 이유는 명백했다.

카스가는 눈치가 없었다.

그러다 보니 끊임없이 엉뚱한 소리만 늘어놓아 주변 사람들을 질리게 만들었다. 솔직히 나도 이런 상황에 처하지만 않았더라면 카스가와 이야기할 일은 없었을 테지.

“카스가 너 친구 없잖아.”

“아오키 너도 없으면서 뭘 그래?”

예상대로 아픈 곳을 푹 찌르는 바람에 가슴이 욱신했다.

“그래도 난 형식적으로나마 이야기하는 애들은 있다고.”

“그래봤자 하나도 즐거워 보이지 않는걸? 언제 봐도 눈에 웃음기가 없어.”

“그래, 그건 인정.”

맞다. 그 지적대로 나 역시 친구는 없다. 그래서 내 포인트도 그다지 높은 편은 아니다. 딱히 남한테 잘난 척할 입장은 못 된다.

“근데 사회성은 어떻게 키워야 돼?”

확실히 어려운 문제였다. 나도 궁금했다.

“글쎄…… 그건 어려운 문제고 나라고 잘 아는 것도 아니니까 일단 넘어가고, 나중에 천천히 생각해보자.”

그 후로도 나는 계속 카스가의 소소한 감점 요소들을 끄집어냈다. 카스가의 문제점은 한없이 많아서 찾아내기는 누워서 떡먹기였다.

“귀가부라는 것도 단점이겠지?”

우리는 둘 다 동아리 활동을 하지 않았다. 속칭 귀가부인 셈이다. 포인트를 높인다는 측면에서는 그다지 좋은 선택이라 할 수 없었다.

동아리에 소속되기만 하면 자연히 다른 사람과 이야기할 기회도 많아지고, 친구도 늘어나기 마련이다. 특정한 집단에 몸담고 친구의 숫자를 늘리는 것은 포인트를 높이는 지름길이라 할 수 있었다.

"알았어. 그럼 나 동아리에 들어갈게."

카스가는 유별나게 긍정적인 태도로 즉시 동아리 가입을 검토하기 시작했다. 생각보다 남의 조언을 잘 따르는 타입인지도 모른다.

"어디 들어갈지가 문제네."

"테니스부로 할래."

"왜? 전에 테니스 친 적 있어?"

"아니, 전혀."

"그럼 왜?"

"소야마가 테니스부니까."

"으음…… 그건 좀 그렇지 않아? 관두는 게 어때?"

나는 조심스럽게 반대해보았다. 지금 상태에서 억지로 소야마와의 거리를 좁히려고 했다가는 문제가 생길 가능성이 크다고 판단했기 때문이다.

"그래도 테니스부로 할래."

그렇게 말하며 고집을 꺾지 않는 카스가는 유난히 적극적이어서, 나도 결국에는 "그러던가." 하고 소극적으로 찬성했다.

그리하여 카스가의 포인트 상승 작전의 첫걸음은 소야마가 있는 테니스부에 가입하는 것으로 결정되었다.

대뜸 테니스부에 들어가다니 뭔가 과격하다고 해야 하나, 난폭한 방법이라는 느낌이 들기는 했다. 그래도 어쨌거나 알기 쉬운 결론에 도달했다는 점에서는 나름대로 성과를 거두었다고 평가할 수 있을지도 몰랐다.

2

그 후 카스가는 바로 테니스부에 들어갔지만, 결국 사흘 만에 때려치웠다. 작심삼일이란 말이 이토록 딱 들어맞는 케이스도 드물지 않을까 하는 생각이 들었고, 카스가 본인에게도 대놓고 그렇게 말했다.

"그러니까 미안하다고 했잖아."

설명에 따르면 여자 테니스부는 1학년 때는 남자부와 별로 접점이 없는 데다 운동부 특유의 기강이 강한 편이라, 1학기가 시작된 지 한참 지난 이 어중간한 시기(6월)에 입부한 카스가는 가벼운 텃세에 시달린 듯했다.

"나한테는 무리무리무리무리 감자버무리라고……."

퀭한 눈빛을 하고도 어쨌거나 사흘간 테니스부에 나간 카스가를 조금은 칭찬해줘야 하려나? 하지만 그럴 마음은 나지 않았다. 어이없다는 느낌이 더 강했기 때문이다.

카스가의 머리 위로 보이는 포인트는 40점. 2점이나 떨어졌다. 완전히 역효과였다.

생각해보니 나루세도 테니스부였다. 그래서 평소처럼 시청각실에서 만날 예정인 점심시간에 카스가에 관해 넌지시 떠보기로 마음먹었다. 마음먹은 것까지는 좋았지만, 문제는 「넌지시」 운을 뗄 방법이 도무지 떠오르지 않는다는 점이었다.

"나루세, 요즘 별일 없어?"

결국 점심시간에 나는 나루세에게 그렇게 두루뭉술하게 물었다. 일부러 무심한 듯한 말투를 가장해서.

"응? 별일?"

나루세가 어리둥절한 기색으로 되물었다. 시치미 떼는 눈치는 아니었다.

"글쎄, 무슨 일이 있었더라……?"

시청각실 천장을 멍하니 올려다보던 나루세가 불현듯 생각났다는 표정을 지었다.

"아, 맞다. 얼마 전에 언니한테 남자친구가 생겼어."

"나루세, 언니가 있구나."

"이야기 안 했나? 대학생이야."

보아하니 나루세에게 카스가의 테니스부 가입은 그다지 중요한 이슈가 아닌 모양이었다. 그 점은 확실했다.

그쯤에서 포기했으면 좋았으련만, 평소 같으면 분명 포기했겠지만, 그래도 그러면 카스가의 상황을 알 길이 없어진다는 생각에 다시 조금 더 구체적으로 물었다.

"동아리는 어때? 예를 들면 신입이 들어왔다든가……."

전혀 간접적이지도 자연스럽지도 않은 질문을 던져놓고 후회했다.

"아, 그렇지. 맞아, 카스가가 입부했어. 근데 아오키, 그걸 어떻게 알았어?"

아무리 생각해봐도 다 알면서 물어보는 말투가 되어버린 느낌이 들었다.

"적응을 잘 못하는 눈치였는데……."

말하기가 다소 껄끄러운 듯 얼굴을 찌푸리는 나루세의 모습에서, 카스가가 테니스부에서 한 행동을 썩 탐탁지 않게 여기는 기색이 전해져왔다.

되도록 언급을 피하고 싶은 눈치인 나루세로부터 정보를 캐낸 결과, 카스가가 테니스부에서 친 사고의 전모를 대강 파악하는 데 성공했다. 본인이 말하지 않은 사건들까지.

나루세 왈, 첫 러닝을 하다 쓰러진 데다 잡일은 거부. 라켓은 어찌된 영문인지 쥐기만 하면 순식간에 망가져나가고, 공은 고문 선생님의 안면을 강타했다고 했다. 게다가 선배에게 말대꾸를 해서 급격하게 분위기가 악화되었고, 최종적으로는 말 한마디 없이 홀랑 탈퇴해버렸다고 했다. 두고두고 전설로 남게 생겼잖아. 뒤탈을 남겨서 어쩌자고.

"음, 아무튼 평판은 별로였지……."

카스가 이야기를 들려주는 나루세의 표정은 마치 벌칙 주스를 마시는 예능 프로그램 출연자 같았다.

“근데 꼭 카스가 잘못만은 아니야. 선후배 관계나 동아리 분위기 같은 게 약간 특수한 면도 있거든. 우리 부가 좀 전형적인 운동부라서. 그냥 적응을 못한 것뿐이라는 느낌이랄까?”

아마도 그렇겠지.

이번 일은 어쩌면 내 실수인지도 모른다. 능력이 닿지 않는 일을 시키는 바람에 결과적으로 카스가의 포인트가 떨어지고 말았으니까.

“근데 그건 갑자기 왜? 아오키, 카스가랑 친해?”

“아니, 전혀. 친하기는 무슨.”

한순간 카스가를 배신하는 기분이 들었지만 그렇게 친하지 않은 것도 사실이고, 무엇보다도 이 상황에서 사실은 요새 자주 이야기한다고 말하기도 거북했다. 그래서 마음속으로만 살짝 카스가에게 사과했다.

방과 후에 내 방에서 카스가는 토라진 기색으로 말했다.

“나도 나름대로 노력했단 말이야.”

못마땅한 기색을 감출 생각도 없는지 심통 난 표정이었다.

“근데 잘 안 풀리는 걸 어떡해.”

카스가는 심란한 듯 그렇게 중얼거리더니 고타츠 책상 위에 털썩 얼굴을 묻었다.

"노력했으니까 조금은 포인트가 올라간 걸로 쳐주면 안 될까? ……안 돼?" 그렇게 물으며 카스가는 빼꼼 눈을 들어 내 눈치를 살폈다.

그러고 보니 카스가는 포인트를 내가 주관적으로 판단하고 평가해서 매기는 점수라고 여기는 눈치였다. 포인트가 보인다는 사실을 내가 카스가에게 털어놓지 않았기 때문이다.

"유감이지만…… 내려갔어. 십중팔구 그럴 거야. 아마도 대략 2점쯤?"

카스가의 머리 위에 있는 40이라는 숫자를 보며 대답했다.

"자자, 너무 신경 쓰지 말고 다음으로 넘어가자고, 알았지?"

나는 그렇게 위로가 맞는지조차 헷갈리는 미묘한 말을 카스가에게 건넸다.

대뜸 새로운 동아리 활동을 시작하다니, 역시 너무 과감한 시도였다.

"그래서 더 간단한 방향부터 공략해보기로 했어."

그렇게 말하며 카스가에게 스마트폰으로 어느 인터넷 페이지를 보여주었다.

"이게 뭔데?"

"잘 읽어봐."

"오타쿠 탈출…… 패션 가이드?"

한동안 진지한 얼굴로 화면을 들여다보던 카스가가 불쑥 고개를 들더니, 나를 매섭게 노려보았다.

"아오키, 너 지금 날 바보 취급하는 거지?"

들켰다.

"바보라니, 천만에. 오히려 존경한다니까? 어떤 의미에서는."

"바보 취급하는 거 맞잖아. 오타쿠 패션 아니거든? 이건 시마무라랑 GU[#3]에서 엄선한 같은 색 코디로……."

뭐가 오타쿠 패션이 아니라는 건지 도무지 이해가 안 갔지만, 그 문제로 실랑이를 벌여봤자 피곤해질 뿐이므로 그냥 넘어가기로 했다. 오늘 입은 패션에 대한 카스가 나름의 소신(「어떤 이발사에게나 철학은 있다」[#4]라는 말이 떠올랐다)을 한 귀로 듣고 한 귀로 흘린 다음, 약간 짜증스러운 기분으로 카스가에게 물었다.

"그래서 어쩔 건데? 할 거야 말 거야?"

"………………………………할게."

점 세 개짜리 말줄임표 열두 개 분량의 긴 침묵 끝에, 카스가는 유독 결연한 얼굴로 그렇게 선언했다.

3

부대끼는 시간이 길어지면서 알게 된 사실이지만, 카스가는 놀랍게도 상당히 열린 마인드를 가지고 있었다. 그것은 카스가의 몇 안 되는 장점이라고 할 수 있었다. 카스가는 내 조언을 재깍재깍

#3 시마무라, GU 저가형 의류 브랜드.

#4 어떤 이발사에게나 철학은 있다 서머셋 몸의 작품에 나오는 말로, 무라카미 하루키가 인용하여 유명해졌다.

실천에 옮겼다. 그것도 비교적 즐거운 기색으로.

어쨌든 카스가는 조금씩, 설명하기는 어렵지만 아무튼 차츰 나아져갔다.

머리 위의 포인트가 나날이 높아져가는 모습을 나는 다소 믿기 어려운 심정으로 지켜보았다. 그야말로 「불량소녀, 너를 응원해」[#5]가 따로 없었다.

예를 들면 우선 복장 개선을 위해 쇼핑몰에 갔다. 나도 따라가서 같이 카스가의 옷을 골랐다.

옷 고르기. 그것은 내게도 난제였지만, 결국 잡지를 참고하고 점원의 의견을 물어가며 무난한 스타일로 통일함으로써 그 난관을 돌파했다.

또 카스가는 다이어트를 시작해서 체중을 조금 줄여 3kg을 빼는 데 성공했다. 원래도 딱히 살찐 편은 아니었지만, 막상 새 옷을 사고 보니 몸에 착 달라붙는 핏이었던 탓에 자연스럽게 감량하고 싶은 마음이 든 모양이었다. 뭔가 극적인 변화가 생긴 것은 아니지만, 전체적으로 스마트한 인상으로 거듭났다.

"나 말이야, 의외로 하면 되는 타입인가 봐."

"세상 사람 대부분이 그렇거든……? 안 해서 문제지."

또 카스가는 자진해서 남들에게 말을 걸게 되었다. 쭈뼛거리기는 하지만. 그래도 천성적으로 어두운 성격은 아니라서 그 자체가 고통스럽지는 않은 눈치였다.

#5 불량소녀, 너를 응원해 전교 꼴찌였던 소녀가 1년 만에 성적을 끌어올려 명문대에 진학한 이야기.

또한 카스가는…… 이건 개인적으로 잘된 일인지 아닌지 헷갈리기는 하지만, 일종의 컨셉을 연기하게 되었다.

카스가의 대화법, 그 비포와 애프터는 대충 이런 느낌이었다.

비포: 말을 걸면 얼마 못가 자기 이야기만 장황하게 늘어놓는다.

애프터: 부지런히 맞장구를 친다.

“정말?”

“아하, 그렇구나.”

“대단해!”

무엇을 감추리오, 그 테크닉을 전수한 사람은 다름 아닌 나였다. 나는 이 기술을 「우와 정말 아하 그렇구나 대단해 메소드」라고 불렀다. 대화하기가 귀찮을 때, 호감도를 떨어뜨리는 일 없이 다른 애들을 상대할 수 있도록 내가 고안해낸 필살기였다.

“카스가 너도 그렇지만, 세상 사람들은 대부분 자기 이야기를 못 해서 안달이거든. 그러니까 리액션만 해주면 돼. 그러면 상대방이 알아서 나를 마음에 들어 하기 마련이니까.”

“근데 그랬다가 바보 취급한다고 생각하면 어떡해?”

“최대한 감정을 실어야지. 내가 카스가 너한테 늘 하는 것처럼 건조하고 무성의하고 밍밍한 제로 칼로리 맞장구 말고, 일단은 착실하게 일시적인 경의를 담아서. 정말? 그렇구나! 대단해! 라는 느낌으로.”

“아오키, 역시 날 바보 취급하는 거 맞지……?”

솔직하고 우직한 카스가는 학교에서 내 조언을 충실하게 실행에 옮겼다. 카스가가 불쑥 말을 걸어오자, 처음에는 미심쩍은 기색을 내비치던 아이들도 분위기를 파악하려 애쓰며 상대방의 기분에 맞추어 반응할 줄 알게 된 NEW 카스가에게 서서히 마음을 열기 시작했다.

그러다 보니 곧 카스가에게도 말동무가 생겨났다. 교실에서 잡담을 주고받는 아이들도 서서히 늘어났고, 덩달아 포인트도 올라갔다.

"남의 이야기를 들어준다는 거, 피곤한 일이구나. 왠지 피곤해. 내가 왜 이렇게 사서 고생을 하면서까지……."

학교생활의 반동인지, 카스가는 하굣길에 매일 우리 집에 들러서 따발총처럼 자기 이야기만 주절주절 늘어놓았다. 숨 쉴 구멍을 마련해주지 않으면 폭발할 것 같아서 적당히 받아주었다.

한편 카스가는 공부에도 힘을 쏟기 시작했다. 그렇다고 그냥 내버려둬도 자발적으로 공부할 정도는 아니었으므로 부득이하게 우리 집에서 같이 공부하게 되었다.

"용케 우리 학교에 들어왔네, 카스가."

처음에 카스가는 공부를 못했다. 우리 학교가 대단한 명문고는 아니지만, 정말로 합격한 게 맞는지 의심스러울 정도였다.

"카스가, 너 혹시…… 뒷문으로 입학했어?"

"사람을 뭐로 보는 거야?"

카스가가 집어던진 방석을 피하며, 나는 거듭 물었다. "아니, 진짜로 궁금해서 그래. 어떻게 시험에 합격한 거야?"

"……사실 성적은 한참 못 미쳤는데, 그냥 기념 삼아 응시해봤거든. 내 추측이지만, 아무래도 객관식에서 대충 찍은 게 전부 맞은 게 아닌가 싶어."

"정말……?"

"응……. 합격해버렸어……."

그런 일이 정말 일어나는지는 모르겠지만, 카스가의 성적이 반에서 최하위권임은 분명했다. 최소한 카스가보다는 그래도 내가 나았다. 그래서 내가 카스가의 과외 교사 노릇을 하며 매일같이 공부를 봐주었다.

내가 "과외비 내놔."라고 투덜거리자, 카스가가 의아한 표정으로 "왜?"라고 대꾸했다.

"내가 아오키 네 이야기를 들어주는 거니까, 오히려 내가 서비스하는 거 아니야? 왜냐면 지금 지루한 걸 참으면서 이야기 들어주는 쪽은 나잖아? 그러니까 돈은 아오키 네가 내야지."

"야……."

기가 막혔지만, 가르치다 보니 깨달은 사실인데 카스가는 생각만큼 머리가 나쁘지는 않았다. 오히려 이상할 정도의 오픈 마인드가 긍정적인 방향으로 작용해, 눈 깜짝할 사이에 기초적인 부분의 진도를 따라잡았다. 카스가의 학업 성적이 부진했던 까닭은 중학교 과정에서 배우는 내용의 이해가 부족했기 때문이었다. 나는 그저 그 내용을 다시 가르치기만 하면 되었다.

결과적으로 카스가의 쪽지 시험 점수는 올라갔다. 이 페이스가

유지되면 기말고사에서도 꽤 괜찮은 성적이 나오지 않을까 하는 생각이 들었다.

아는 게 늘어나자 수업 시간에 질문을 받았을 때 엉뚱한 대답을 하는 일도 없어졌고, 주변의 시선도 바뀌면서 포인트는 날마다 상승을 거듭했다. 초반 포인트가 워낙 낮았으므로 그만큼 발전의 여지도 컸던 셈이다.

내가 왜 이렇게까지 열심인지 스스로도 신기했다. 하지만 아무래도 나는 카스가의 포인트를 올리는 행위에 열중, 즉 빠져들고 만 것 같았다.

나는 친절한 사람이 아니다. 카스가가 잘되기를 바라서 하는 일은 결코 아니었다. 그럴 거다. 아마도. 내가 카스가를 돕는 이유는 뭐랄까, 말하자면 일종의 게임을 즐기는 감각에 가까웠다.

카스가의 사랑을 응원하는 것은 마치 게임 같아서, 내심 재미있었다.

카스가의 포인트가 올라갈 때마다 레벨 업을 알리는 효과음이 들려오는 기분이 들었다.

보람이 느껴졌다.

육성 게임을 하면서 몬스터나 아이돌을 키우는 것 같았다.

포인트가 보이기 시작한 이후로 꾸준히 사람들의 포인트 내역을 노트에 기록하고 분석해왔던 고독한 나날들. 그 총결산이 카스가의 프로듀스였는지도 모른다.

친구가 늘어나서 +3, 쪽지시험 점수가 올라서 +1. 내일은 어떤 방법으로 카스가의 포인트를 끌어올려볼까? 어울리는 옷을 찾아 보자. 그러면 포인트가 더 높아지려나?

누누이 설득한 끝에 카스가는 마침내 안경을 벗고 렌즈를 꼈고, 가볍게 화장도 하게 되었다.

"어때? 이상하지 않아?"

아침에 교문 앞에서 우연히 마주쳤을 때, 내게 그렇게 말을 걸어온 사람이 누구인지 한눈에 알아보지 못했을 정도였다. 그만큼 파격적인 변화였다. 촌스럽고 어울리지도 않던 수수께끼의 웰링턴 안경[#6]을 벗은 데다 여태까지 포인트를 벌기 위해 다방면으로 노력했던 게 결실을 맺은 덕분인지, 언뜻 보기에는 상당히 그럴싸한 느낌이 났다.

"나쁘지 않은데?"

나는 조금 쑥스러워하며 그렇게 대답했다.

"아오키, 이거 그냥 날 네 취향에 맞는 여자애로 개조해나가는 과정 아니야?"

카스가가 별안간 의심스럽다는 표정으로 물었고, 나는 울컥해서 "아니거든?"이라고 대꾸했다.

"카스가 말이야, 요즘 분위기가 달라졌더라." "예뻐지지 않았어?" 교실에서도 그렇게 이야기하는 소리가 들려왔다.

"있잖아, 나 지금 몇 포인트야?"

확인하듯 묻는 카스가의 표정은 실제로 꽤나 만족스러워하는

#6 웰링턴 안경 스퀘어와 라운드의 중간쯤 되는 형태의 안경.

기색이었고, 본인도 이 일련의 변화를 즐기는 눈치였다.

카스가의 포인트는 어느새 56까지 올라갔다.

본인에게 알려줄 생각은 없지만 말이다.

우습게도 카스가는 이제 나보다 위였다.

그런 나날을 보내다가, 나는 문득 냉정하게 생각하고는 했다.

이대로 순조롭게 포인트가 올라간다고 가정할 때, 언젠가 카스가의 포인트가 소야마와 동급이 되는 날이 올까?

그럴 리가 없잖아.

카스가의 외모와 성적이 속속 향상되어가는 가운데, 나는 적지 않은 불안감을 느꼈다.

언젠가 카스가의 성장이 한계에 부딪치면 어쩌지? 카스가한테 뭐라고 하면 좋지?

시험 삼아 여러 번 노트에 끄적거리며 계산해보았다. 하지만 카스가가 아무리 노력한다 한들 그 포인트가 소야마와 대등해질 거라는 낙관적인 기분은 들지 않았다.

4

카스가 문제로 나는 소야마에게 말을 걸어볼 필요를 느꼈다. 적을 알고 나를 알면 뭐랬더라? 아무튼 소야마와 친분이 생기면 훗날 여러모로 카스가에게 도움이 될 거라고 판단했다.

어떤 식으로 말을 걸까 고민하며, 나는 일주일간 소야마를 꾸준히 관찰했다. 혼자 있을 때가 바람직했다. 소야마 혼자라면 몰라도 그 추종자까지 가세한 상태에서 이야기를 나눌 자신이 없었기 때문이다.

그 찬스는 예상보다 빠르게, 우연한 기회에 찾아왔다. 봉사활동 시간에 교내 대청소를 하게 되었는데(귀찮다) 소야마와 내가 같은 장소에 배정된 것이다.

"아오키, 어느 중학교 나왔어?"

반사적으로 움찔했다. 소야마가 불쑥 말을 걸어오는 바람에 동요한 데다 질문한 내용 자체도 난감했다. 대답하기 싫었지만 대답을 거부했다가 이상한 데 집착하는 사람처럼 비치는 것도 싫어서, 하는 수 없이 무난하게 "카시마 중학교."라고 대답했다.

"난 요코타 나왔는데. 동아리는 뭐 해? 한 적 있어?"

"아니, 아무것도 안 해."

"동아리라는 게 피곤하긴 하지."

그 말을 끝으로 잠시 침묵이 흘렀다. 접점이 없어도 너무 없어서 어떻게 대화를 이어나가야 할지 좀처럼 감이 잡히지 않았다.

"있잖아."

약간은 될 대로 되라는 심정으로, 나는 일단 입을 열었다.

"어떡하면 소야마 너처럼 인기인이 될 수 있어?"

그러자 소야마는 소리 내어 웃었다. 아주 형편없는 화제 전환은 아니었나 보다. 나는 내심 안도했다.

"나라고 딱히 인기 있는 건 아냐."

"그래도 나보다는 인기 많잖아."

"하긴 아오키 넌 인기 없을 거 같다."

느닷없이 정색을 하고 그렇게 대꾸하는 바람에 나는 한순간 말문이 막혔다.

"뭐해? 버럭해야지."

소야마가 웃으며 말했고, 나는 아하, 농담이었구나 하고 안심했다.

"별로 어려울 건 없어."

"뭔가 특별한 테크닉이라도 있어?"

"테크닉이라니, 그런 건 없어. 으음, 듣고 보니 사람 대하는 방법을 따로 의식해서 생각해본 적이 없는 거 같은데?"

옳거니, 요컨대 소야마는 천재인 모양이었다. 천재 스포츠 선수는「휙 해서 탁」인 법이니까. 나처럼 골치 아프게 이것저것 고민할 필요도 없는 게 분명했다.

"그냥 평범하게 행동할 뿐이야."

"그렇구나. 저기, 소야마."

흐름상 자연스럽게 정보를 캐낼 수 있겠다고 생각했다.

"여자 친구 있어?"

그러자 소야마는 갑자기 생각에 잠긴 표정이 되어 발치로 시선을 떨구었다.

"난 없는데."

나는 어색한 상황을 무마하듯 그렇게 덧붙이고 아하하 쓴웃음을 지었다.

"글쎄…… 여자 친구는 없다고 생각해. 맞아, 없어."

"그게 무슨 소리야?"

알쏭달쏭한 대답에 난감해하며 묻자, 소야마는 "아니, 확실히 없어."라고 말을 바꿨다.

"아오키, 누구 괜찮은 여자 있으면 소개해주라."

"응? 아, 응."

그나저나 정말일까? 소야마에게 여자 친구가 없다니, 어쩐지 믿기 힘들었다.

아무튼 소야마와 짧게나마 대화를 나누었다는 사실에 나는 희미한 만족감을 느꼈다.

그런 나날을 보내는 와중에도 밤에 혼자 방에 있을 때면 나는 이따금 불안해졌다. 카스가와 나루세, 소야마를 떠올리며 문득문득 불안감을 맛보고는 했다.

이렇게 평온한 나날이 과연 언제까지 계속될까?

다른 사람들은 별 생각 없이 즐거운 하루하루를 살아가는지도 모른다.

하지만 나는 다르다.

기를 쓰고 노력한 결과가 겨우 보통이다. 한순간도 긴장을 늦출 수 없다.

여태까지는 잘 처신해왔다고 생각한다. 무사히 평범한 고등학생을 연기해왔다.

그래도 언젠가 꼬리를 밟히는 게 아닐까? 그렇게 생각하면 겁이 났다.

조만간 나루세에게 돌이킬 수 없을 만큼 미움 받게 되리라는 느낌이 들었다.

카스가는 머지않아 정이 떨어져서 나하고는 말 한마디 안 하게 되겠지.

만화나 드라마에서는 걸핏하면 마음을 열라는 둥 진짜 자신을 보여주라는 둥 하며 그게 마치 훌륭한 태도인 것처럼 굴지만, 개인적으로는 동의하기 힘들었다. 드러내 보이고 싶다면 얼마든지 드러내도 상관없지만, 그래야만 한다고 강요하는 듯한 압박감이 느껴져서 나는 영 거북했다.

나는 나루세와 카스가의 진짜 모습에 관심이 없고, 두 사람도 내 진짜 모습 따위 보고 싶어 하지 않을 게 틀림없다는 생각이 들었다.

진짜 내 모습은 부모님에게도, 그 누구에게도 보여줄 수 없다.

[소야마: 아오키, 쉬는 날이나 학교 끝난 후에는 뭐해?]

침대 끄트머리에 놓아둔 휴대폰이 부르르 떨렸다. 확인해보니 소야마가 보낸 라인(LINE) 메시지였다.

[나: 그냥 친구랑 놀러가기도 하고, 집에서 놀기도 하고]

이렇게 태연하게 거짓말을 해도 되나 싶은 생각이 들기도 했다.

[소야마: 아오키, 다음 주 토요일에 시간 돼?]

토요일에 약속이 잡혀서 놀러가게 되면 어쩐지 「주말 근무」 같은 느낌이 든다. 같은 논리를 적용하면 수업 끝나고 친목 도모를 위해 놀러가는 것은 「공짜 야근」이며, 한마디로 양쪽 다 썩 내키지 않았다.

[아, 미안. 그날은 아르바이트하러 가야 해ㅅ]

아르바이트는 안 하지만 핑계 삼아 거절하려다, 불현듯 손가락을 멈추었다. 카스가의 얼굴이 떠올랐다. 애초에 내가 소야마에게 접근한 이유가 생각났다. 어쩌면 좋은 기회일지도 모른다. 나는 핑계거리를 지우고 다른 메시지를 보냈다.

[나: 되는데]

[소야마: 그럼 에비나 역 개찰구 앞으로 와]

[나: 친구를 한 명 데려가고 싶은데, 그래도 돼?]

한동안 대답이 없어서 약간 긴장했다.

[소야마: 그래. 사실은 나도 데려갈 생각이었으니까 상관없어]

고작 라인 몇 번 주고받았을 뿐인데 탈진해버리고 말았다.

평범한 학생의 삶은 피곤하다.

평생 형식적으로만 남들과 어울리고 싶은데, 인간관계가 진전되면 결국 차츰 마음의 거리가 줄어들게 된다. 그 사실이 내게는 공포였다. 죽을 때까지 시시한 잡담만 주고받을 수 있으면 좋으련만. 이를테면 축구 경기 결과라든가, 학교 선생님의 말버릇이라든가. 상대가 누구든지 평생토록 그런 이야기만 하고 싶었다. 필요 이상으로 가까워지면 무슨 이야기를 해야 좋을지 모르겠으니까.

제3화

1

그리하여 약속 당일.

나는 카스가를 속여 소야마와 만나기로 한 곳으로 끌고 갔다.

전철역 개찰구 앞 굵은 기둥에 기대선 소야마를 보고 카스가는 "호엑!" 하고 비명을 질렀다.

"뭐, 뭐야? 왜 소야마가 있는데?"

"그야 오늘 같이 놀기로 했으니까."

"나, 난 갈래."

"이미 늦었어. 소야마도 이쪽을 봐버렸거든."

우리를 발견한 소야마가 살짝 손을 흔들어 보였다.

"갈래! 얼른 가서 애니메이션 봐야 돼! 렛츠 현실도피!"

"거기 서."

냅다 도망치려는 카스가를 덥석 붙잡고 질질 끌다시피 해서 소야마 앞으로 데려갔다.

"아, 같이 온다는 친구가 카스가였구나. 우리 학급 임원이라 자주 보지?"

소야마가 자연스럽게 미소 지었다. 그 웃는 얼굴에 관통당한 카스가는 즉사하고 말았다.

"어, 어응, 아, 안냥?"

카스가가 고양이 같은 빵점짜리 인사를 했을 때, "얍!"이라는 낭랑한 목소리와 함께 내 등에 충격이 일었다. 누군가 부딪치는 감촉에 나는 깜짝 놀라 고개를 돌렸다.

"안냥?"

카스가의 얼빠진 인사에 장단을 맞추어 그렇게 말하는 나루세의 얼굴이 뒤돌아본 내 코앞에 있었다.

"나, 나루세?"

이번에는 카스가 못지않게 내가 경악할 차례였다.

"오늘은 넷이서 같이 놀까 해서."

소야마가 대수로울 것 없다는 투로 설명하는 바람에 나는 어떤 반응을 보여야 할지 몰라 쩔쩔맸다.

"나루세하고 친해?"

"같은 테니스부니까. 그리고 또 뭐, 아무튼."

그리고 또 뭐 어쨌다는 건데? 신경 쓰이니까 끝까지 말하라고. 그런 생각이 들었지만, 차마 입 밖으로 내지는 못했다.

"볼링이라도 치러 갈까?"

나루세가 별 생각 없이 하는 말처럼 물었다. 그 순간 카스가와 내 얼굴이 동시에 어두워졌다. 시선을 마주한 채 말없이 상대방의 속내를 헤아린다. 피차 이 녀석 볼링 못 치는구나, 하고 생각하는 느낌이 들었다. 눈빛만 봐도 통한다. 나는 못 친다.

"나는 탁구 치고 싶은데." 소야마가 말했다.

웬 탁구? 나뿐만 아니라 아마 카스가도 그렇게 생각했을 테지만, 소야마처럼 포인트가 높은 사람이 말하면 어쩐지 그럴싸하게 들리니 신기할 따름이다.

하지만 휴대폰으로 검색해보니 탁구를 칠 만한 장소는 없었고, 그래서 우리는 대신 오락실에 가기로 했다. 번화가에 있는 큰 오락실로, 탁구 대신 에어하키를 할 생각이었다. 비슷하다고 하면 비슷한지도 모른다.

손 모양으로 편 가르기를 한 결과, 카스가와 나, 소야마와 나루세가 한 팀이 되었다.

"왜 너하고……."

"나도 너랑 하기 싫거든?"

에어하키를 해보기는 오랜만이었다. 막상 해보니 그것은 잔인할 정도로 운동신경에 크게 좌우되는 게임이었다.

소야마와 나루세, 딱 봐도 운동신경이 뛰어난 2인조다. 그에 맞서는 사람은 카스가와 나. 즉 테니스부 VS 귀가부의 승부인 셈이었다. 결전의 막이 오르기도 전부터 승패는 결정된 것이나 마찬가지였다.

소야마가 경쾌하게 슈팅하는 족족 골을 허용했고, 어디로 보나 도무지 게임이 되지 않았다. 심지어 카스가는 소야마가 득점할 때마다 "대단해!"라고 탄성을 지르기까지 했다. 그 결과 10:0으로 깨졌다. 너무 비참한 스코어잖아.

지나치게 일방적이면 재미없으므로 결국 나루세와 나, 소야마와 카스가가 새로 편을 짜서 한판 더 하기로 했다.

두 번째 판으로 돌입한 후에도 소야마는 무서운 기세로 쉭쉭 슈팅을 날렸다. 다만 나루세도 그냥 지켜보고 있지는 않았다. 두 사람은 치열한 랠리를 벌이기 시작했고, 카스가는 완전히 소외되어 장승처럼 서 있기만 했다. 카스가가 마네킹이나 다름없는 신세라 실질적으로는 2대 1인 셈인데도 소야마 쪽이 더 우세했다. 소야마와 나루세가 맞붙으면 남녀의 차이로 아무래도 소야마가 이길 수밖에 없다. 다시 말해 내가 그 격차를 메우지 못하는 게 문제였다.

소야마가 골을 넣자, 나루세가 내 귓가에 대고 나직하게 속삭였다.

"정신 차려, 아오키. 저딴 자식한테 지지 마."

저딴 자식이라니, 무슨 소리지?

그러나 소야마는 강했고, 결국 대결은 나루세와 나의 참패로 막을 내렸다.

"소야마는 뭐든지 잘하는구나."

내 칭찬에 소야마는 내심 흡족한 기색으로 웃으며 "그야 운동은 주특기니까."라고 대답했다. 에어하키가 운동의 범주에 들어가는지는 모르겠지만, 확실히 운동신경이 중요한 게임이기는 했다.

"가서 음료수 사올게. 뭐 마실래?"

소야마의 제안에 "난 콜라!" "우롱차로 할게." "나는 세븐업."이라고 대답하자, 소야마가 무표정하게 대꾸했다.

"아오키, 넌 물 마셔라."
그 얼굴이 어쩐지 노려보는 것처럼 보여 나는 살짝 움찔했다.
"농담이야."
씨익 웃어 보인 소야마가 자판기를 찾으러 갔다.
"카스가, 따라가지 그래?"
내 권유에 카스가가 의아한 표정을 지었다. "혼자 음료수 네 개를 들고 오려면 버거울 테고, 또 이것저것." 소야마랑 이야기할 수 있잖아. "아, 하긴 그러네." 카스가는 순순히 소야마를 따라갔고, 그 작은 뒷모습은 이윽고 어둑어둑한 오락실 저편으로 사라졌다. 그리고 나는 나루세와 단둘이 남았다.
"아오키, 아까 너무 비굴했어."
나루세가 어쩐지 언짢은 기색으로 내게 말했다.
내가 무슨 실수라도 했나 싶어 난감했다. 확실히 비굴하게 보였을지도 모르지만, 구태여 따로 지적하면서까지 화낼 일인가 하는 생각이 들었다.
"있잖아, 아까부터 궁금했는데…… 나루세, 소야마하고 뭔가 있어?"
"아무것도 없어."
나루세가 날카로운 목소리로 부정하는 바람에 순간적으로 주위에 정적이 흘렀다. 그 반응이 오히려 뭔가 있다는 것처럼 들려서 심란해졌다.
"아오키, 왠지 저자세야."

"내가 그랬어?"

나루세의 영문 모를 분노를 어떻게든 농담의 일환으로 넘기고 싶어서, 나는 별 뜻 없이 그저 어색하게 웃었다.

"왜 웃어?"

나루세의 추궁에도 나는 변변한 대답을 하지 못했다.

"기다렸지?"

그러는 사이 소야마와 카스가가 비교적 빨리 돌아왔다.

"이번에는 저거 하자."

소야마가 가리킨 것은 어느 유명한 대전 게임이었다. "난 빼줘. 할 줄 몰라."라고 나루세가, "나도 대전 게임은 잘 못해서."라고 카스가가 제각기 난색을 표하자, 그런 반응이 돌아올 줄 알았다는 듯 소야마가 "아오키, 넌 할 거지?"라며 나를 돌아보았다.

솔직히 말하면 나는 한때 그 게임을 깊게 팠던 적이 있었다. 잘하는 게임이다. 이런 게임은 얼마나 깊게 팠느냐에 따라 승패가 갈리는 경향이 있다. 소야마하고 맞붙어도 아까와 반대로 내가 일방적으로 이길지도 모른다.

하지만 나는 그 사실을 밝히지 않았다.

"한번 해볼까?"

그리고 소야마의 제안을 받아들였다.

에어하키에서 진 데다 어찌된 영문인지 나루세한테도 쓴소리를 들었기에 조금은 멋진 모습을 보여주고 싶었기 때문이다.

"기왕 하는 김에 뭔가 내기하지 않을래?"

소야마의 뜬금없는 제안에 나는 그만 당황하고 말았다.

“내기? 그럼 아까 음료수 값 정산 안 했으니까 그걸로 할까? 내가 지면 전부 낼게.”

“아냐, 그건 너무 시시하잖아. 그런 거 말고. 아, 좋아. 그럼 이렇게 하자.”

소야마는 음흉하게 웃으며 나루세를 보았다.

“나루세가 이긴 사람한테 키스해주기. 어때?”

지목당한 나루세가 마시던 우롱차를 흘렸다. 입고 있던 흰색 여름 니트에 작고 옅은 얼룩이 생겼다.

“미쳤어? 죽어도 싫어.”

“재미없게 왜 그래? 분위기 망치고 싶어?”

“분위기를 망친 사람은 너잖아.”

쟤들은 왜 저렇게 서로 못 잡아먹어 안달인 거지? 카스가도 나도 둘 사이로 끼어들지 못하고 아웅다웅하는 모습을 그저 멍하니 바라보기만 했다.

“잠깐만. 아오키.”

나루세가 난데없이 이쪽으로 다가오더니 내 귓가에 대고 나직하게 물었다.

“아오키, 저 게임 잘해?”

“응? 어, 아마도.”

“둘이서 뭘 그렇게 속닥거려?”

소야마의 말에 나루세는 초조한 기색으로 대화를 중단하고 소야마를 돌아보았다.

"하든지 말든지 마음대로 해."

"호오, 나루세. 과감한데?"

그렇게 말하며 소야마는 게임기에 동전을 집어넣었다.

"그럼 붙어보자고, 아오키."

대체 뭐냐고. 그렇게 생각하며 나도 동전을 넣었다.

그리고 게임 화면에 정신을 집중했다. 이길 수 있을까? 문제없을 것이다. 아마도.

그러나 게임이 시작되고 얼마 못가 나는 희미한 좌절감을 맛보았다.

조작하는 솜씨로 미루어보아 소야마는 경험자인 게 분명했다.

불꽃 튀는 접전을 벌였지만, 아무래도 소야마가 나보다 센 눈치였다. 그 실력차가 고스란히 반영된 데다 뜻밖의 변수도 생기지 않아, 나는 게임 속에서 먼지 나게 얻어터졌다.

"오케이. 자, 아오키. 한동안 때려봐. 어서."

그렇게 말한 소야마는 버튼에서 손을 떼고 주스를 마시기 시작했다.

솔직히 약간 울컥했지만 그래도 공격에 나섰다. 게이지를 반쯤 깎았을 때 소야마가 전력으로 반격해오는 바람에 결국 지고 말았다.

"큭……."

"이겼다~!"

소야마는 양팔을 하늘로 치켜들고 기쁨을 표현했지만, 그 어딘가 작위적인 세레모니는 금방 집어치우고 나루세 앞으로 다가갔다.

"자, 나루세. 승리의 키스."

"싫어."

딱딱한 표정의 나루세를 소야마는 반쯤 강제로 끌어당겨 키스를 하려고 했다.

뭐야, 진짜로 하려고?

눈앞에서 펼쳐지는 그 광경이 너무나도 충격적인 나머지, 카스가와 나는 그 자리에 얼어붙고 말았다. 카스가는 두 손으로 얼굴을 가리고 손가락 사이로 흠칫흠칫 두 사람을 훔쳐보았다.

소야마는 나루세의 허리와 뒤통수에 팔을 두르고, 거부하는 나루세에게 억지로 키스를 하려다가…….

불현듯 움직임을 멈추었다.

"농담이야."

야릇하게 웃는 소야마의 표정은 어딘가 차가웠다.

"하지 말라고 했잖아."

나루세의 눈에는 눈물이 그렁그렁했다.

"나 먼저 갈게."

그 말을 끝으로 나루세는 오락실 밖으로 뛰쳐나갔다.

"기다려!"

어찌된 영문인지 소야마가 그 뒤를 쫓아 우리 앞에서 모습을 감추었다.

"방금 그거…… 뭐야……? 뭐냐고…… 그거."

카스가는 망연자실한 기색으로 중얼거리며, 오락실의 보라색 조명에 비친 생기 없는 얼굴로 나를 보았다.

"아오키, 방금 그거 뭐야?!"

내 몸을 덜컹덜컹 흔들어대며 카스가가 부르짖었다.

"야, 하지 마. 하지 말라고. 목 디스크 생겨!"

"목에도 디스크가 생겨?"

"그건 나도 모르겠지만, 아무튼 좀 진정해봐."

나도 나름대로 충격 받았다고.

카스가는 몸을 가누지 못하고 비틀거리며 옆에 있던 오락실 직원에게 말을 걸었다.

"저기요, 사람 죽이는 게임을 하고 싶은데요."

그 말에 직원은 당황한 기색이 역력했다. "어…… 좀비 쏘는 거 말씀이신가요? 아니면……."

"좀비도 원래는 인간이니까 그거면 돼요."

결국 카스가가 우겨서, 우리는 오락실에서 흔히 볼 수 있는 좀비를 총으로 쏴 죽이는 게임을 하게 되었다.

줄기차게 달려드는 좀비를 권총으로 하염없이 쏘다 보니 왠지 적들이 점점 소야마로 보이기 시작해서, 나는 혼잣말을 했다.

"죽어라, 소야마. 죽어라, 소야마."

"내가 좋아하는 사람을 죽이지 말아줘."

온도도 습도도 느껴지지 않는 목소리로 대꾸하며, 카스가가 달려드는 좀비 떼를 연속으로 사살해 나를 구해주었다.
"응, 미안."
"죽어라, 나루세." 뒤이어 단조로운 총소리가 울려 퍼졌다.
"내가 좋아하는 사람도 죽이지 말아줄래?"
"살려달라고 빌어도 안 봐줄 거야."
카스가는 좀비에게 잡아먹혔지만 "지금 돈이 문제야?"라고 내뱉으며 연속으로 동전을 투입해 부활 재림했고, 좀비를 한 마리도 남기지 않고 몰살할 때까지 나를 그 게임에서 해방시켜주지 않았다.

2

우여곡절 끝에 카스가와 함께 무수한 좀비를 무찌르고 버추얼 세계를 구원한 다음, 저녁때가 되어서야 녹초가 되어 집으로 돌아왔다. 몸도 마음도 어쩐지 빈사 상태였다.
곧바로 내 방으로 가려고 걸음을 옮기는데 거실에서 이야기소리가 들렸다. 웬일로 누나가 이 시간에 집에 있는 모양이었다. 보아하니 통화 중인지, 유쾌한 기색으로 혼자 재잘재잘 떠들어대고 있었다.
"응, 그거 포인트 높지."
그렇게 말하는 소리가 귀에 들어오는 바람에 신경이 쓰여 문을 열자, 누나가 놀란 기색으로 이쪽을 보았다.
"어라, 나오토. 집에 있었구나."

"응. 방금 막 들어왔어."

곧장 냉장고에서 보리차를 꺼내 수분을 보충하며 누나의 목소리에 귀를 기울였다. "그 남자는 포인트가 낮아서." 또다시 포인트가 화제에 올랐다. 나는 약간 겁이 났다.

누나가 전화를 끊고 나서 넌지시 떠보았다.

"누나, 보여?"

"뭐가?"

"아까, 포인트라고……."

"뭐? 아, 그건 그냥 배우자로서 조건이 좋은가 나쁜가 하는 이야기를 한 것뿐이야. 흔히 쓰는 말이잖아, 포인트가 높다느니 낮다느니."

설명을 들어보니 요즘 누나는 맞선 사이트에 빠져 사는 눈치였다. 뭐야, 헷갈리잖아. 속으로 투덜거리며 "근데 누나, 결혼하려고?"라고 물었다.

"해야지."

누나의 포인트는 62점. 하늘을 찌를 정도는 아니지만 상위권에 속한다고 볼 수 있다. 최소한 동생인 나보다는 위였다. 누나는 외모와 사회성이 그럭저럭 괜찮은 편이라서 그 정도 점수가 나오는 모양이었다.

"있잖아, 나오토. 연봉은 보통이고 소심한 남자랑 성격은 나무랄 데 없지만 가난한 남자, 돈 많고 호감형인 남자 중에서 너라면 누구를 택할래?"

“그런 식으로 물어보면 보통 돈 많고 호감형인 남자를 고르지 않겠어?”

“그렇지? 망설일 필요 없겠지?”

말을 끝마치기가 무섭게 누나는 휴대폰을 들여다보며 손가락을 움직이기 시작했다. 십중팔구 결혼상담소인가 뭔가 하는 앱을 켜서 메시지를 보내는 거겠지.

“그렇게 결혼을 서두를 필요는 없는 거 아냐?”

한편 나는 미묘하게 마음이 싱숭생숭했다. 당분간은 결혼 안 하겠거니 하고 안일하게 생각했는데, 갑자기 누나가 결혼을 의식하고 있다는 이야기를 듣자 이상하게 쓸쓸한 기분이 들었다. 딱히 남매간의 우애가 돈독하다거나 시스터 콤플렉스가 있어서는 아니다. 다만 가정을 꾸리면 누나가 불쑥 어른이 되어버리는 것 같은 느낌이랄까, 나하고는 다른 세상 사람이 되어버리는 것 같은 느낌이 들어 복잡한 심경이었다.

“스물다섯이 되기 전까지는 결혼하고 싶으니까. 가치가 떨어져서 남자의 레벨이 떨어지거든. 회사 사람들을 보다 보면 그런 생각이 들어.”

누나는 휴대폰에서 시선을 떼고 내 눈을 보며 말했다.

“이거, 나한테는 중대 프로젝트야.”

“그래?”

사정은 잘 모르지만 기합이 바짝 들어간 표정이었다. 아무래도 누나는 진심인 눈치였다.

그렇게까지 결혼에 목을 매는 이유를 나로서는 이해할 수 없지만, 그 자체는 상관없다. 단지 리얼하게 누나의 결혼식을 상상하자 귀찮다는 생각이 앞섰다. 결혼식이라니, 참석하기 싫다. 진심으로.

내 방에 도착해서 힘없이 풀썩 침대에 고꾸라졌다. 아무것도 할 마음이 나지 않는데도 왠지 모르게 휴대폰은 만질 수 있었다. 기력이 부족하다 보니 특별한 목적도 없이, 그저 막연하게 라인을 켰다.

【최근 갱신된 프로필 / 미야우치 코우】

들어가 보니 잔뜩 힘을 주고 찍은 얼굴 사진이 프로필로 등록된 게 보였고, 그 속에는 괴상한 모양의 모자를 쓴 코우 형의 모습이 담겨 있었다.

오랜만에 코우 형의 얼굴을 보는구나 싶었다.

시커먼 남정네의 셀카라니, 오글거리잖아.

왠지 얄미운 소리를 하고 싶은 마음에 대화창을 열었다. 하지만 딱히 적당한 말도 떠오르지 않아서 그냥 직설적으로 써서 보냈다.

[누나, 결혼한대]

오래지 않아 읽음 표시가 떴지만, 한참을 기다려도 답장은 오지 않았다.

3

오락실에서 헤어진 뒤로 나루세와 나 사이에는 어색한 기류가 흐르기 시작했고, 여느 때처럼 점심시간에 시청각실에서 만났을 때도 대화에는 활기가 없었다.

“아오키, 그때 어땠어?”

“응? 뭐가?”

그때라는 말이 언제를 가리키는지 사실은 알고 있었지만, 나는 반사적으로 시치미를 뗐다.

“왜 있잖아. 소야마가…….”

“아, 그때?”

솔직히 말하면 완벽한 한 쌍이라고 생각했다. 나루세와 소야마가 사귄다면 그 결정은 지극히 타당하다. 반에서 가장 포인트가 높은 남녀 커플. 트집 잡을 구석이 없다.

“그냥 소야마, 대담하구나 싶었는데.”

“그게 다야?”

“다라고 해야 하나…… 그냥 별 생각 없었어. 왜냐하면 장난이었잖아?”

나루세는 화난 기색으로 침묵을 지켰다. 무슨 말이든 좀 해보라는 생각이 들었다. 불편해서 못 견딜 지경이었다.

“있잖아.”

나루세는 눈을 살짝 치켜뜨고 나를 빤히 쳐다보며 항의하듯 입술을 삐죽였다.

“아오키, 한심했어.”

나루세의 말이 가슴에 푹 꽂혔다. 당분간 빠질 것 같지 않은 깊은 가시였다.

"어쩔 수 없잖아. 왜냐하면 나하고 소야마는, 으음, 뭐랄까……."

포인트가 다르니까.

"인간으로서의 레벨과 스펙, 즉 클래스가 너무 다르잖아. 전혀 상대가 안 돼."

"아오키, 너무 비굴하잖아. 왜 그래?"

왜냐고 물어도 그냥 사실이 그렇고, 그게 눈에 뻔히 보이니 어쩔 수 없지 않은가. 포인트가 신통치 않은 나는 아무리 애를 써도 자신감을 가지기 힘들었다.

74라는 나루세의 눈부신 포인트를 바라보며, 나는 대답했다.

"그 이유라면 너도 알잖아. 그저 다들 일일이 설명하지 않을 뿐이지. 우리는 같은 고등학생이지만, 전혀 다르니까.

사실은 나루세 너도 알 거 아냐?

너랑 소야마는 대단해. 정말로. 나하고는 인간으로서의 레벨이 달라. 난 완전히 글러먹었어."

단숨에 설명하자, 갑자기 나루세의 얼굴이 새파래졌다.

"나루세……?"

아차, 실수했나? 덜컥 겁이 났다. 하지만 이제 와서 후회해봐야 이미 엎질러진 물이었다.

"아오키, 여태까지 날 그런 눈으로 봤던 거구나."

뒤이어 나루세는 자리를 박차고 일어섰다. 점심시간이 끝나려면 아직 멀었는데도.

"이제 됐어."

그 말을 끝으로 나루세는 시청각실에서 나갔다.
가슴이 욱신했다.
그날 이후로 나루세가 점심시간에 시청각실에 오는 일은 없었다.

"네 탓이야."
"왜?"
카스가는 어리둥절한 표정으로 내게 물었다.
"다 카스가 너 때문이야."
평소와 달리 오늘 우리는 카스가의 방에 있었다.
"그러니까 왜냐고. 난 잘못한 게 없는 거 같은데?"
"알아. 안다고. 나도 바보는 아니니까."
티격태격 입씨름을 하면서도 나는 어째서인지 카스가의 방을 치우느라 여념이 없었다.
"아까 교환 조건이라고 했잖아. 방 청소해주는 대가로 화풀이하게 해준다며?"
카스가의 방 안은 한마디로 쓰레기장이었다. 게다가 그 상태가 꽤나 심각해서, 나는 쓰레기를 집어 들며 막막한 기분을 맛보았다.

**

발단은 30분 전으로 거슬러 올라간다.
"가끔은 우리 집에서 해도 돼."

하굣길에 카스가가 그렇게 말했다. 그날은 누나가 남자친구를 데려올 거라고 예고한 날이라, 딱 마주칠까봐 우리 집으로 가기가 껄끄러웠다.

하지만 나는 카스가네 집에 가는 게 썩 내키지 않았다.

"혹시 아오키, 그게 마음에 걸려서 그래?"

"그거라니?"

"우리 엄마가 『어머, 어서 오렴. 우리 딸이 남자친구를 집으로 데려오기는 처음이란다. 유이 너도 참, 미리 말 좀 해주면 어디 덧나니? 그나저나 남자친구라니, 엄마는 기쁘구나.』라고 할까봐 걱정돼?"

"어…… 상당히?"

"그야 물론 우리 엄마는 어디서나 볼 수 있는 평범한 아줌마야. 그렇다고 요즘 세상에 그딴 고리타분한 소리는 안 할 테니까 안심해도 돼. ……게다가 이 시간이면 아마 파트타임 아르바이트하러 갔을 테고."

그렇게 말하며 카스가가 현관문을 열자, 눈앞에 바로 그 엄마가 서 있었다.

"어머, 남자친구니?"

함박웃음을 띠고 알은척을 하는 카스가의 어머니에게 나는 애매한 미소를 지어 보이며 꾸벅 고개를 숙였다.

"엄마는 기쁘구나."

카스가가 아하하 메마른 웃음소리를 냈다.

카스가의 어머니는 얼른 우리가 먹을 주스와 간식거리를 쟁반에 담아 가져다주고는 생글생글 웃으며 떠나갔다.

"어쩐지 헛물켜시게 한 것 같아서 죄송한걸……?"

나는 그렇게 말했지만, 카스가는 개의치 않는 눈치였다.

"참고로 우리 엄마는 몇 포인트야?"

47이었지만, 사실대로 말하자니 내가 너무 나쁜 놈처럼 느껴져서 적당히 얼버무렸다. 참고로 얼굴이 카스가하고 붕어빵이었다.

"좀 지저분하지만 들어와."

카스가는 그렇게 말하며 나를 자기 방으로 안내했다.

"좀이 아니잖아………………."

방으로 들어선 나는 그만 아연실색하고 말았다.

발 디딜 틈이 없을 만큼 지저분하다는 말이 있지만, 실제로 그런 상황에 직면한 것은 이번이 처음이었다. 정말로 바닥이 보이지 않았다. 상식을 뛰어넘은 수준이었다.

"이 꼴로 용케 남을 방에 들일 생각을 했구나……."

수치심이라고는 없는 카스가의 행동거지에 나는 돌아버릴 것 같았다.

"그런가? 하긴 남자가 온 건 처음인지도 모르겠네."

카스가는 익숙한 기색으로 바닥을 헤치고 그 자리에 털썩 주저앉았다.

"앉지 그래?"

"앉을 데가 있어야 앉지!"

나는 나직하게 절규하고 어수선한 카스가의 방 한복판에 우두커니 섰다.

"……뭐해?"

"청소하게 해줘."

"난 이게 편한데."

"난 불편하거든?!"

그러자 카스가는 나를 물끄러미 바라보다가, "있잖아, 심호흡하면 편해질 거야."라고 말했다.

"자, 천천히 숨을 들이쉬고…… 내쉬고…… 온몸에서 힘을 쭉 뺍니다……. 자아, 릴랙스…… 릴랙스……."

매번 진지하게 성질을 냈다가는 그때마다 수명이 몇 시간씩 단축될 것 같아, 나는 카스가의 헛소리를 무시하기로 했다.

"이런 방에서 잘도 사네."

"그렇지만 이게 편한걸?"

"그렇게 카스가는 주장했다. 물고기 중에도 더러운 물에서밖에 살지 못하는 물고기가 있는가 하면, 반대로 맑은 물이 아니면 못 버티는 물고기가 있다. 카스가와 나는 사는 물의 오염도가 다른지도 몰랐다……."

"마음의 소리를 줄줄 흘리지 말아줄래?"

그리하여 결국 나는 카스가의 방을 청소하기에 이른 것이다.

＊＊

하지만 그 대신 나는 카스가로부터 화풀이를 해도 된다는 기묘한 교환 조건을 이끌어내는 데 성공했다.

"아무튼 그래서…… 네 포인트에만 정신이 팔린 나머지, 나는 요즘 내 연애라든가 내 포인트 관리에 점점 소홀해져가고 있다고. 즉 종합적으로 말해서, 이번 일은 전부 온전히 완벽하게 전적으로 퍼펙트게임에 노히트 노런으로 카스가 네 잘못이야."

"힘이 너무 들어가서 볼넷을 줘버렸네."

마침내 사방에 널려 있던 쓰레기를 비닐봉투에 싹 집어넣어 청소를 일단락지은 후, 나는 다시 카스가를 돌아보았다.

그러자 카스가는 고민스러운 기색으로 미간을 찌푸린 채 잡지를 들여다보고 있었다.

"왜 그래?" 예의상 물어보았다.

"역시 최종 수단은 성형이려나 싶어서."

카스가가 내 앞으로 얼굴을 불쑥 들이밀었다.

"눈하고 코하고 볼하고 입을 고치면 나도 히로세 스즈[#7]가 될 수 있지 않을까?"

그 정도면 아예 본판이 남아 있질 않잖아.

"그보다 그럴 돈은 어디서 나는데?"

"하긴."

#7 히로세 스즈 일본의 인기 여배우.

"괜찮아. 지금도 충분히 예쁘니까."

"마음에도 없는 소리 하지 마. 그것도 마음이 딴 데 가 있는 티가 팍팍 나는 공허한 목소리로."

그러다 카스가가 불쑥 진지한 표정으로 내게 물었다.

"참, 근데 아오키, 어떻게 나루세랑 말을 튼 거야?"

"아, 그냥 좀. 그건 둘만의 비밀이라서."

"뭐야, 더 궁금하잖아."

그렇게 말하며 카스가가 내 옷소매를 잡아당겼다.

"가르쳐줘, 응?"

내가 무뚝뚝한 얼굴로 침묵을 지키자, 카스가는 "쪼잔하긴." 하고 심통 난 말투로 중얼거리며 나를 째려보았다.

그러다 별안간 짓궂은 표정을 지었고, 불길한 예감에 사로잡힌 나는 "뭐야?" 슬금슬금 몸을 뒤로 뺐다.

"에잇!"

이윽고 카스가가 내 옆구리를 간질이기 시작했고, "네가 애냐? 죽을래?" 나도 저항하며 같은 방식으로 복수했다. 카스가는 킥킥 유쾌하게 웃으며 방바닥을 데굴데굴 굴렀고, 엄마가 바깥에서 "얘들아, 조용히 하렴!" 하고 야단칠 때까지 바보처럼 깔깔거리며 마구 웃어댔다.

그 옆에서 함께 웃으며, 나는 카스가한테도 뭐든지 다 털어놓을 수 있는 것은 아니구나 하고 생각했다.

4

그날은 결국 방과 후의 수다 회의도 열의나 유익함과는 거리가 먼 상태로 막을 내렸고, 그 후 나는 집으로 가는 길에 눈에 띈 세븐일레븐에 들어갔다.

"너 아오키 아니니?"

고개를 들자 낯선 얼굴이 보였다. 계산대에 있던 점원 누나가 어찌된 영문인지 날 알아보고 이름을 부른 것이다. 참으로 불가사의한 일이었다. 앞으로 여섯 개만 더 모으면 편의점 7대 불가사의를 만들 수 있지 않을까?

"저기…… 누구세요?"

그 누나는 무척 예뻤고, 포인트도 68이나 되었다. 카스가나 나하고는 다른 세상을 살아가는 존재였다. 같은 말이 통할지조차도 의심스러운 수준이었다. 이 사람은 분명 인생이 즐겁겠지 하는 생각이 들었다.

"아, 난 코코아 언니야."

코코아 언니면 뭐지? 초코 라떼? 순간적으로 혼란에 빠졌지만, 이내 그것이 나루세의 이름이라는 사실을 깨달았다.

자세히 보니 점원 누나의 이름표에는「나루세」라고 쓰여 있었다.

"나루세 언니요? 하지만……."

나는 지갑에서 콜라와 감자칩 값을 꺼내며 대화를 이어갔다. 하지만 어떻게? 대체 어떻게 내 얼굴을 아는 거지? 그때 내 뒤에서 계산을 기다리는 손님은 아무도 없어서, 계속 잡담을 나누어도 괜찮을 것 같은 분위기였다.

"동생한테 이야기 많이 들었거든. 예전에 라인 프사를 본 적도 있고."

"같은 반에 이상한 애가 있다고 했나 보죠?"

"뭐 그런 셈이지."

나루세의 언니는 살짝 쓴웃음을 지으며 뭔가 더 이야기하고 싶은 기색을 드러냈지만, 대화를 이어가려고 한 순간 다른 손님이 내 뒤에 줄을 섰다.

"아오키, 이 근처에 사니?"

"네. 걸어서 3분이요."

"한 시간 후면 아르바이트가 끝나는데, 그때 잠깐 이야기 좀 할 수 있을까?"

거절하기도 뭐해서 나는 일단 집으로 돌아갔다가 한 시간 후에 다시 그 편의점으로 향했다.

나루세에게 돌려주지 못한 만화책을 이세탄[#8] 쇼핑백에 담아서 가져갔다. 한때 오로지 나루세와 만화책을 주고받을 목적으로 쇼핑백을 수집했던 적이 있었다. 그 미적 관심사의 최대치가 이세탄이라는 점이 내 수준을 극명하게 보여주는 것이나 다름없었다. 그런 우스꽝스러운 수고도 이제 끝이라고 생각하니 어쩐지 쓸쓸하면서도 오묘한 감회가 느껴졌다.

#8 이세탄 일본의 유명 백화점.

나루세의 언니는 아르바이트를 마치고 편의점 간이 테이블에서 사복 차림으로 나를 기다리고 있었다. 나루세의 언니가 사준다고 하기에 아이스커피를 들고 둘이 나란히 앉았다. 좋아했던 사람의 언니라고 생각하니 조금은 두근거리기도 했다.

"맞다, 얼마 전에 남자 친구 생기셨다면서요? 축하드려요."

"이미 헤어졌어."

시작부터 대뜸 지뢰를 밟고 말았다.

"근데 아오키, 그건 뭐야?"

"아, 나루세가 빌려준 만화책이에요. 공통된 취미거든요."

쇼핑백을 건네주자, 나루세의 언니는 왠지 한숨을 쉬었다.

"듣자하니 싸웠다면서?"

"싸웠다고 하기도 애매한 게, 애초에 우리는 접점이 별로 많지 않았거든요. 마음이 맞았는지조차도 의심스러울 정도고요. 나루세는 틀림없이 자선사업을 하는 기분으로, 자비심과 약간의 변덕으로 저를 상대해준 것에 불과할 거예요. 순정만화를 좋아한다는 것 빼고는 접점이라고 할 만한 게 전혀 없었으니까요."

내 대답에 나루세의 언니는 한순간 뭔가 말하고 싶은 기색을 내비쳤다. 하지만 나는 개의치 않고 덧붙였다.

"하지만 역시 사는 세계가 다르니까요."

그러자 나루세의 언니는 땅이 꺼지도록 한숨을 쉬더니, 말할까 말까 망설이는 표정을 짓다가 결국 입을 열었다.

"코코아가 갑자기 순정만화를 읽기 시작한 거, 아오키 너랑 이야기하게 되면서부터가 아닐까 싶은데."

"……그럴 리, 없을 텐데요."

말은 그렇게 하면서도 딱 잘라 부정하지 못하는 나 자신을 발견했다. 단언하기에는 나루세에 관해 아는 것이 턱없이 적었다.

조금 혼란스러웠다. 하지만 역시 그럴 리는 없었다.

"그러니까 너는 그 의미를 깊이 생각해보도록 하렴."

나루세의 언니가 이야기하는 그 의미를 도무지 받아들일 수가 없어서, 나는 난감해졌다.

제4화

1

깊이 생각해보라는 말은 무척 일반적인 표현이지만, 깊이 생각한다는 게 구체적으로는 어떤 뜻인지 생각하다 보면 머릿속이 복잡해진다. 「깊이」 생각하려면 어떻게 해야 하는 거지? 불 꺼진 칠흑 같은 방 안에서 홀로 눈을 감고 가부좌를 튼 채 명상이라도 해야 하나? 시험 삼아 시도해보았지만, 역시 도통 감이 잡히지 않았다.

순정만화를 좋아한다던 나루세의 말이 거짓말이라고 치고, 왜 굳이 그런 거짓말을 할 필요가 있단 말인가? 그저 알쏭달쏭하기만 했다.

부모님이 저녁 먹으라고 부르기에 방에서 나와 계단을 내려가자, 거실에서 아련한 그리움을 불러일으키는 남자 목소리가 들려왔다. 현관을 살펴보니 너덜너덜하게 때가 탄 조리 샌들 한 켤레가 눈에 띄어서 역시 왔구나 싶었다. 근데 뭐하러 온 거지?

거실 문을 열자 아니나 다를까 코우 형이 있었다.

코우 형은 어째서인지 거실에서 술을 마시는 중이었다.

오랜만에 보는 코우 형은 폭삭 삭아보였다.

얼굴이 불그레해진 코우 형은 나를 보고 제집처럼 편안한 기색으로 말을 걸었다.

"나오토, 오랜만이다!"

미야우치 코우. 나는 코우 형이라고 부른다. 나잇살이나 먹은 지금도 아르바이트를 전전하며 사는 처지로, 빠진 이도 못 해 넣을 정도로 돈이 없다. 한심하고 구질구질한 인생의 패배자. 누나의 소꿉친구로, 어린 시절에는 나하고도 자주 놀아주었다. 입버릇은「어떻게든 되겠지」. 특별히 하고 싶은 일도 없이 그냥 마음 가는 대로 사는 사이, 코우 형은 어느덧 스물여섯이 되었다. 어떻게든 되기는. 아무것도 안 됐잖아.

그리고 코우 형은 누나의 옛날 남자 친구이기도 했다. "결혼할 거면 프러포즈할 때는 장미 꽃다발을 선물 받고 싶어." 예전에 누나가 코우 형에게 종종 그렇게 밑도 끝도 없는 소리를 했던 기억이 있다. 그런 날은 끝내 오지 않았지만 말이다.

이제 와서 보니 코우 형의 포인트는 36이었다. 알고 싶지 않았다. 진심으로.

나잇값도 못하고 빈둥거리기만 한다고 부모님의 눈 밖에 나는 바람에, 코우 형은 몇 년 전에 마침내 집에서 쫓겨났다. 이왕 그렇게 된 김에 어디론가 멀리 떠나버리기라도 했더라면 좋았으련만, 코우 형은 바로 근처에 있는 쌍팔년도 스타일의 허름한 연립주택에 세 들어 살기 시작했다. 돌이켜보면 누나가 형을 차버린 시기도 아마 그때쯤일 터였다. 참 못났다.

"실은 나오키가 미즈키의 결혼 소식을 전해줬거든. 그래서 축하해주려고 이렇게 술을 가져온 거야."

듣고 보니 식탁 위에 쓸데없이 커다란 한 되짜리 술병이 놓여 있었다.

"에이, 축하는 무슨. 아직 확실하게 결정된 것도 아닌데 뭐."

손사래를 치면서도 누나는 왠지 약간 취한 기색이었고, 엄마아빠는 딱히 좋지도 싫지도 않은 무덤덤한 표정으로 묵묵히 저녁상을 차리는 중이었다. 우리 집의 그런 분위기가 나는 좀처럼 이해가 가지 않았다.

"코우 형. 축하한다는 말, 진심이야?"

"그걸 말이라고 해? 경사스러운 일이잖아. 미즈키, 축하한다. 꼭 행복해져."

저렇게 오글거리는 대사가 용케 나오는구나 싶었다. 맨정신으로 하는 말이면 어떤 의미로는 존경스러울지도 모르지만, 취해서 말해봐야 그저 꼴사나울 뿐이다.

"속상하지 않아? 코우 형."

"천만에. 오히려 기쁜걸? 나오토, 너 성격이 삐뚤어졌구나."

"남이사."

입맛이 뚝 떨어졌다. 더는 코우 형과 같은 공간에서 숨 쉬고 싶지 않았다.

"아, 맞다. 나오토, 너 주려고 옷을 하나 가져왔어."

"필요 없어."

"당시에는 제법 비싸게 주고 산 거라고. 버릴까 했지만, 예전에 네가 갖고 싶어 했던 기억이 나길래."

그렇게 말하며 코우 형이 유니클로 비닐봉투에서 선명한 녹색에 뒤에는 「GO MY WAY」라는 자수가 들어간 터틀넥 스웨터를 꺼내들었다. 그 생김새가 낯익었다. 내 기억이 맞다면 오래 전에 코우 형이 즐겨 입었던 옷이었다. 괜히 정겨웠다.

"그게 언제 적 이야긴데."

"일단은……."

"일단은 뭐?"

"구찌라고."

"그거, 분명 짝퉁일걸?"

나는 그저 있는 그대로의 사실을 지적했을 따름이지만, 코우 형은 어딘가 상처 받은 표정을 지었다.

그 반응이 이상하게 비위에 거슬려, 나는 "구려."라고 다시 한마디 보탰다.

"코우 형, 그 옷 이 지구상에서 가장 구리다고."

그리고 나는 몸을 돌려 거실에서 나와 계단에 발을 올려놓았다.

"나오토, 잠깐만."

누나의 목소리에 그쪽으로 시선을 향했다.

"너 예전에는 코우 오빠랑 친했잖아. 어떻게 된 거야?"

그 말대로 예전에 코우 형은 나하고 자주 놀아주고는 했었다.

다만 그건 아주 오래 전, 어린 시절의 이야기다.

"코우 형, 내 앞에서는 괜히 폼 잡지만 실제로는 찌질하기 짝이 없잖아."

"어라, 눈치챘구나?"

내 대답에 누나는 눈을 크게 뜨고 놀란 표정을 지었다. 그 반응에 나는 새삼스럽게 뭘 놀라고 그러냐는 생각이 들었다.

"벌써 한참 전에 깨달았어."

누나도 그 사실을 깨달았으니까 헤어진 거잖아. 그렇게 말하고 싶었다.

지금의 코우 형과 이야기할 마음은 나지 않았다.

다시 내 방에 틀어박혀서, 어째서 예전에는 좋아했던 물건이나 사람이 갑자기 싫어져버리는 걸까 하고 생각했다.

하지만 물건과 달리 사람은 변하고, 코우 형은 계속해서 변한 끝에 저렇게 포인트가 낮아진 것이다. 아니면 코우 형을 제외한 다른 사람들은 자꾸만 변해가는데 코우 형만 변하지 않았기 때문에 저런 꼴이 되어버렸는지도 모른다.

2

종업식이 끝나고 여름방학이 시작되었다.

나른한 여름방학으로 접어든 지도 며칠이 흐른 어느 날.

나는 불현듯 카스가와의 관계를 되짚어보았다. 심심했기 때문이다.

곰곰이 생각해보니 카스가와 나의 접점도 모호하기 그지없었다. 해가 바뀌어 반이 달라지면 이야기하는 일도 점점 뜸해지겠지.

인간관계란 다 그런 법이다.

말이 나와서 생각났는데, 나이 차이가 많이 나는 내 사촌이 대학에 입학할 때 싸구려 가구를 산 적이 있다. 2년 후에 캠퍼스가 다른 곳으로 이전할 예정이라, 이사할 때 버리고 새로 살 작정으로 일부러 싼 것을 골랐다고 했다.

현재의 인간관계란 그렇게 쓰다 버릴 가구나 마찬가지라는 생각이 들었다.

옛날 어른들은 마치 그게 진리라도 되는 양 학창시절에 평생의 벗을 사귀라고들 하지만, 개인적으로 내게 그런 「평생의 벗」이 생길 것 같다는 느낌은 전혀 없었다.

가지고 싶다는 생각도 들지 않았다.

오히려 평생 갈 코트나 가구, 만년필처럼 평생의 벗 따위 부담스러워서 싫고, 만들고 싶다는 마음도 나지 않았다. 친구도 유니클로나 이케아 같은 느낌이면 충분하지 않나 싶었다.

좋아하는 나루세에게 상처를 주었고, 카스가도 조만간 나를 싫어하게 될 테지.

나는 내 안이 텅 비어 있고, 알맹이라고는 없다는 사실을 자각하고 있었다.

그래서 남들과 얽히고 싶지 않았다.

필요 이상으로 친해지면 내가 빈껍데기라는 사실을 깨닫고 사람들이 눈앞에서 떠나가 버릴 것이기에 어느 누구와도 친밀한 관계를 맺고 싶지 않았다.

가끔 카스가가 라인으로 사진을 보내왔다. 여름방학을 만끽 중인 느낌이 물씬 나는, 즐거워 보이는 사진이었다. 그 모습을 보자 자연스레 잘됐다는 생각이 들었다. 카스가에게는 친구가 생긴 모양이었다. 다행이다. 카스가는 나하고 다르다. 그런 카스가의 모습이 내게는 왠지 조금 눈부시게 보였다.

하는 수 없이 나는 휴대폰으로 게임을 하며 시간을 때웠다. 아침부터 밤까지 온종일 게임만 했다. 서바이벌, 살벌한 살육전, 저격총으로 생면부지의 플레이어를 쏜다. 얼굴도 사는 곳도 나이도 성별도 본명도 모르는 이들을 접할 때만 마음이 놓였다. 그러다 보면 어느새 시간이 흘러가니 일거양득이었다.

아무튼 그만큼 내 여름방학은 한가로웠다.

그리고 인간이란 한가하면 쓸데없는 생각을 하기 마련이다.

결국 나는 나루세에게 라인을 보내기로 마음먹었다.

마음먹은 것까지는 좋았지만, 뭐라고 보내야 좋을지 난감했다. 전하고 싶은 말, 전해야만 할 말이 떠오르지 않았다.

화해하고 싶다.

본심은 그랬지만, 그렇다고 대놓고 그렇게 써서 보낼 수도 없는 노릇이었다.

[나: 요즘 뭐해?]

두 시간가량 고심하다가 짤막한 메시지를 보냈다.

읽음 표시는 뜨지 않았다.

순순히 포기했으면 좋았으련만, 하나 더 보냈다.

[나: 시간 되면 같이 불꽃놀이라도 하지 않을래?]

기껏 생각해낸 게 그거냐. 나 자신의 센스 없음에 좌절하고 말았다.

보내고 나서는 아무것도 손에 잡히지 않았다. 금세 후회했다. 보내지 말걸 그랬다는 생각이 들었다. 속이 쓰렸다. 등줄기가 바짝바짝 타들어가는 것 같은 초조함이 내 머릿속을 지배했다. 점심을 먹는데도 마음이 가라앉지 않았다. 라인 창을 수도 없이 확인했다. 설마 차단당했나? 마룻바닥에 드러누워 「라인 차단 확인하는 방법」을 검색했다. 화면에 뜬 내용을 읽고 있는데 마침내 짧은 답장이 왔다.

[나루세: 미안.]

[나루세: 지금 좀 바빠서. 이따가 답장할게.]

전달됐구나. 다행이다. 기뻤다. 나루세가 나를 차단하지 않았다는 사실에 안도했다.

하지만 곧이어 근데 정말 바쁜 걸까? 하는 의심이 싹텄다. 제발 사실이어라. 바쁘지도 않은데 바쁘다고 둘러댄 거라면 그 충격으로 재기불능 상태에 빠져버릴 것 같았다.

지금쯤 나루세는 테니스부에서 연습 중이겠지. 모르는 게 약이라고, 그만두는 편이 나으련만 나는 결국 옷을 갈아입고 집을 나섰다. 혼자 갈 기분이 아니어서 선 채로 자전거를 몰아 카스가네 집에 들렀다. 인터폰을 누르고 가족에게 용건을 전하자, 이윽고 부스스한 머리의 못난이 카스가가 모습을 드러냈다.

"……웬일이야?"

"심심하지 않아? 멀리서 슬쩍 소야마가 뭘 하는지 보고 오지 않을래?"

"아오키, 또 뭔가 쓸데없는 계획을 꾸미는 거 맞지?"

은근히 예리한 지적이었지만, 카스가는 "들어와서 잠깐만 기다려."라며 방으로 사라졌다. 거실에서 기다리고 있자니 30여분 만에 말쑥한 카스가가 모습을 드러냈다. "되게 오래 걸리네." "초스피드로 준비한 건데?" "알았으니까 가자." 그리하여 우리는 함께 학교로 향했다. 테니스 연습장에서 멀리 떨어진 학교 건물 창가에 자리를 잡고, 집에서 챙겨온 오페라글라스를 카스가에게 건네주었다.

"이건 또 뭐야? 역시 뭔가 수상해."

투덜대면서도 카스가는 오페라글라스를 들여다보았다. 나도 합세했다. 아주 선명하게 보였다. 잠시 쉬는 중인지, 나루세와 소야마가 웃으며 잡담하는 모습이 눈에 들어왔다.

"윽, 보지 말걸."

카스가는 그렇게 불평했지만, 나는 더더욱 뼈저리게 후회했다.

뭐야……. 하나도 안 바쁘잖아…….

묵직하게 배를 강타하는 듯한 충격을 이기지 못하고, 나는 창문

아래의 흰 벽에 몸을 기대고 쪼그려 앉았다.
"괜찮아……? 아오키, 망가진 거 아니야?"
"카스가 군, 우리는 불꽃놀이를 하세."
"뭐?"
"나는 지금 맹렬하게 불꽃놀이를 하고 싶다네."

밤이 오기를 기다려 우리는 잡화점 돈키호테에서 불꽃놀이용 폭죽을 샀다.
그리고 그 여세를 몰아 곧장 학교 옥상으로 숨어들었다. 방학인데다 밤도 이슥해서 학교에 남아 있는 사람은 없는 듯했다. 있다고 해봐야 경비원 아저씨 정도겠지.
"역시 그만두는 게 좋겠어. 꼭 여기서 할 필요는 없잖아."
카스가가 불안한 기색으로 말렸지만 무시했다. 그저 학교에서 하는 편이 청춘이라는 느낌이 난다고 생각했기 때문이다. 사실 장소야 어디든 상관없지만, 그렇게 따지면 애초에 굳이 불꽃놀이를 할 필요도 없지 않은가. 이럴 때는 기분이 중요한 법이라고, 기분이.
집어든 폭죽 일곱 개에 한꺼번에 불을 붙였다. 샤워하듯 격렬하게 불꽃이 터져 나왔고, 나는 그 막대들을 빙글빙글 휘둘렀다.
"아이참, 위험하잖아."
그렇게 말하며 카스가는 선향불꽃에 불을 붙였다.
"시작부터 선향불꽃이라니……."
나는 반사적으로 태클을 걸었다. "카스가, 그건 중식집에 들어가서『일단 리치 하나씩 주세요』라고 하는 거나 똑같다고."

"응? 그래?"

카스가가 어리둥절한 기색으로 물었다.

"그러고 보니 난 다른 사람들이랑 불꽃놀이를 해본 적이 없어서 잘 모르겠어."

"좀 더 화끈하게 즐겨야지."

사실은 나도 친구나 여자 친구와 함께 불꽃놀이를 한다는 이벤트를 해본 적이 없다 보니 그게 올바른 방식이 맞다는 자신은 없었지만, 드라마나 만화에서는 그런 분위기였던 것 같다.

그러자 카스가는 불꽃놀이 패키지 안에 들어 있던 선향불꽃을 죄다 끄집어내 불을 붙이더니, "아오키 네 흉내야."라며 이쪽을 보았다.

"선향불꽃 놀이!"

선향불꽃이 파직파직 소리를 내며 카스가의 손 밑에서 타들어 갔다. 그 불빛에 비친 카스가의 얼굴에는 어딘가 덧없는 미소가 감돌아, 내가 내가 아니라 소야마였더라면 좋았을 텐데 하는 부질없는 생각이 불쑥 들었다.

시선을 피하듯 카스가에게 등을 돌리자 그제야 정신이 돌아오며 내가 지금 뭐하는 거지? 라는 생각이 들었다. 깜깜한 밤하늘을 올려다보며, 만약 지금 같이 있는 사람이 나루세였으면 나는 바짝 긴장해서 가식을 떠느라 필사적이었을 거라고 생각했다. 그런 내 마음속의 자기반성을 꿰뚫듯 뒤에서 폭음이 들려왔다.

뒤돌아보니 로켓 폭죽이었다. 얼빠져 보이는 연발식 폭죽이 허공에 잇달아 작렬했다. 폭죽에 불을 붙인 장본인으로 추정되는 카스가는 왠지 자랑스러운 기색으로 나를 향해 살짝 승리의 V자를 그려보였다.

"너 미쳤어?"

어이없어하며 핀잔을 준 순간, "이놈들, 뭐하는 짓이냐!"라는 불호령이 날아들었다. 건물 밑 운동장에서 이쪽을 노려보는 경비원 아저씨의 모습이 보였다. 당연한 결과였다. "야, 튀자." "응." 카스가는 왠지 기쁜 얼굴로 대답했고, 우리는 물과 폭죽의 잔해가 담긴 양동이를 들고 옥상에서 줄행랑을 쳤다.

학교 뒤편에 세워둔 자전거에 둘이 올라타고 정신없이 달렸다. 우리를 찾는 데 실패했는지, 경비원이 쫓아오는 기미는 없었다.

곧장 교문으로 빠져나와 완만한 내리막길을 천천히 달렸다.

미지근한 밤바람이 기분 좋았다.

이윽고 뒤에서 카스가가 웃음을 터뜨렸다.

"바보 같아. 그치?"

나도 동감이었기에 피식 웃었다.

"나 아오키랑 같이 있으면 심심하지 않고 즐거워."

그럴지도 모르겠다고 나 역시 생각했다.

그렇게 무의미한 채로 마무리된 여름방학이 끝나고, 2학기가 시작되었다.

3

학기 초, 나루세의 상태가 이상했다.

뭔가가 확연하게 이상하다는 뜻은 아니고, 언뜻 봐서는 알아차리기 힘든 변화였다. 하지만 내 눈에는 나루세의 컨디션이 나쁜게 똑똑히 보였다.

70.

나루세의 포인트가 4점이나 떨어졌다.

왜 저러지? 나는 걱정이 되었다.

교실 안의 멀리 떨어진 자리에서 나루세를 자세히 관찰했다.

신경은 쓰였지만 그렇다고 어떻게 된 거냐고 물어볼 수도 없는 노릇이라, 그 대신 나루세를 가만히 응시했다.

나루세의 포인트에 정신을 집중했다.

수면부족으로 피부가 상함(−1), 아르바이트를 그만둠(−1), 살찜(−1), 립밤을 깜빡해서 입술이 버석버석(−1).

대체 어떻게 된 거지?

궁금했지만 물어볼 수 없었다.

그래서 고민 끝에 결국 점심시간이 될 때까지 기다렸다가, 나루세에게 말을 걸었다.

"립밤이야. 입술이 텄길래."

점심시간에 편의점에서 사온 새것이었다.

"아오키 넌 사소한 것도 잘 눈치채고, 의외로 자상한 거 같아."

그야 나루세 앞에서는 착한 사람인 척하니까 그렇지. 나는 그렇게 생각하며 "그래?"라고 대꾸했다.

"그거 알아?"

나루세가 약간 불만스러운 기색으로 말했다.

"교실에서 아오키 네가 나한테 먼저 말 건 거, 오늘이 처음이야."

나는 조금 머쓱해졌다.

"컨디션이 안 좋은 것 같길래."

"그래?"

나루세는 재빨리 립밤을 발랐고, 나는 "가져."라고 말하고 몸을 돌렸다.

"고마워."

그 밖에도 이것저것 이야기하고 싶은 것이나 듣고 싶은 것이 많았지만, 그 반응에 나는 일단 만족했다.

"소야마, 얼마 전에 여자 친구랑 헤어졌대."

그 일이 있은 직후, 그런 소문이 공공연하게 나돌기 시작했다.

그 이야기를 듣고 나는 '뭐야, 소야마 역시 여자 친구 있었구나.' 하고 생각했다.

"어떻게 된 거야? 아오키. 소야마한테 여자 친구 없다고 하지 않았어?"

나는 물론 그 사실을 카스가에게 알려주었으므로, 카스가도 그 소문을 듣고 당황한 눈치였다.

"근데 소야마의 전 여친 말이야, 대체 누굴까?"

궁금해져서 은근슬쩍 정보를 캐보았다. 하지만 다른 아이들도 자세하게는 모르는 눈치였다. 소야마가 입단속을 했다는 말도 돌았다. 아무래도 소야마는 일종의 비밀주의자인 듯했다.

그래서 본인에게 직접 물어보기로 마음먹고 점심시간에 소야마를 찾아 나섰다. 하지만 좀처럼 눈에 띄지 않았다.

결국 30분쯤 찾아다닌 끝에 학교 뒤편에서 소야마를 발견했다.

소야마는 내가 모르는 남학생과 말다툼을 하는 중이었다. 도저히 말을 걸 수 있는 분위기가 아니었다.

그래서 먼발치에서 잠자코 그 모습을 지켜보았다.

소야마와 옥신각신하는 사람은 별 볼일 없어 보이는 남학생(44)였다.

이윽고 44가 호주머니에서 지갑을 꺼내 소야마에게 지폐를 건네주는 모습이 보였다.

뭐지?

남학생을 퍽 걷어찬 소야마가 빙글 몸을 돌려 이쪽으로 다가왔다.

"아오키, 봤냐?"

소야마가 물었다. 내가 아무 말도 하지 않자, 소야마는 내 귓가에 대고 속삭이듯 말했다.

"우리 반 애들한테는 비밀이다."

그리고는 내 어깨를 툭 치더니 그대로 어디론가 가버렸다.

소야마는 영리하다.

이 이야기가 퍼져나가서 소야마가 애들을 삥 뜯고 다닌다는 사실이 탄로 나면 포인트가 다소 떨어질 것임을 알기에 하는 행동이다.

그 순간, 어떤 생각이 불쑥 고개를 들었다.

교실에서 이 이야기를 퍼뜨리면 어떨까?

그러면 소야마의 포인트가 내려간다.

그렇게 되면…… 어쩌면 카스가와 포인트가 대등해질지도 모른다.

그런 비열한 생각을 나는 얼른 부정했다.

그보다 카스가한테라도 이 사실을 말해줘야 하나? 그 문제는 조금 더 오래 고민했다.

하지만 결국 아무한테도 말하지 않기로 했다.

내게는 나쁜 사람으로 보일지라도 카스가에게는 착한 사람으로 보인다면 상관없는 게 아닌가 싶었기 때문이다. 어떤 사람에게는 악인이지만 다른 사람에게는 선인인 경우는 드물지 않다. 오늘 일을 카스가에게 귀띔해줄 필요는 조금도 없다.

그러다 불현듯 내 문제로 생각이 옮겨갔다.

나도 이 상태로는 나루세와 포인트가 대등해질 가능성이 없지 않은가.

멍한 머리로 수업을 들으며, 노트에 「나루세의 포인트를 낮추는 방법」이라고 썼다.

내 안에 도사린 불순한 생각들을 노트에 적어 내려갔다.

나루세의 점수가 깎이도록 교과서를 숨길까? 선생님한테 야단맞도록.

이번 2학기 체육대회에서 나루세가 이어달리기를 하다가 실수하면…… 아마 조금은 포인트가 깎일지도 모른다. 모두들 입으로는 신경 쓰지 말라고 할 테지만. 운동화 끈을 살짝 손봐두면 되지 않을까?

나는 나루세를 추락시킬 아이디어를 늘 사용하는 노트에 적어 보았다.

정말로 실행에 옮길 마음은 없었다.

그렇게 쭉 쓴 다음, 지우개로 깨끗하게 지웠다. 새하얗게 변할 때까지, 잔뜩 힘을 주어 박박 문질러 지워버렸다.

"나 소야마한테 고백할까봐."

여느 때처럼 수업이 끝나고 내 방에 둘이 있을 때, 카스가가 불쑥 그렇게 말했다.

"갑자기 왜?"

내 방은 저녁 햇살이 눈부시다. 나는 눈을 가늘게 뜨고 카스가의 얼굴을 응시했다.

"여자 친구랑 헤어졌다고 하니까. 기회일지도 모르잖아."

나는 잠시 망설였다.

놀랍게도 카스가의 포인트는 어느덧 59까지 올라갔다. 상당히 높은 편이다.

반에서도 상위권이라고 할 수 있었다. 실제로 남자들끼리 있을 때면 카스가 괜찮지 않느냐는 평가가 나오기까지 했다. 그 이야기를 듣는 나는 어쩐지 비현실적인 기분이 들었지만 말이다.

괭장하구나, 카스가. 그게 내 솔직한 심경이었다.

하지만 그럼에도 카스가가 소야마에게 고백해서 성공할 가능성은 낮아 보였다.

조금 더 포인트가 올라가기를 기다렸다가 고백하는 게 낫지 않을까? 당연하지만 그런 생각이 들었다.

다만 그렇게 충고할 마음은 나지 않았다.

그 이유는 우선 카스가가 아무리 노력해도 소야마와 포인트가 대등해질 날은 오지 않을 거란 생각이 들었기 때문이다. 그야말로 소야마의 포인트가 떨어지기라도 하지 않는 한은 불가능한 일이었다.

그리고 또 하나.

내심 카스가가 소야마와 사귀지 않기를 바라는 내가 있었다.

그런 나 자신이 놀라웠다.

어째서 그런 생각을 하게 됐는지 스스로도 의문이었다.

사고의 흐름을 논리정연하게 설명할 수가 없었다.

그저 내 안에서 꿈틀대는 모호한 감정이 어쩐지 싫다는 막연한 결론만을 내놓을 뿐이었다.

"한번 해보던가, 고백."

내가 선뜻 허락하자, 카스가는 맥 빠진 듯 놀란 표정으로 나를 보았다.

"정말?"

"그래, 정말. 카스가 너도 이제 포인트가 상당히 높아졌으니까 어쩌면 잘 풀릴지도 모르잖아. 응원할게."

그렇게 단숨에 나는 마음에도 없는 소리를 카스가에게 늘어놓았다. 그러고 나서 어쩌면 나는 꽤나 재수 없는 인간인지도 모르겠다고 생각했다.

4

이튿날 방과 후.

카스가는 정말로 소야마에게 고백하려는 눈치였다.

어딘가 기합이 들어간 원피스 차림이어서 그 모습을 보자 저도 모르게 웃음이 났다.

카스가는 변했다. 반면에 나는 아무것도 달라지지 않았으므로, 같이 있으면 카스가의 변화가 한층 뚜렷하게 느껴졌다.

나는 꼴사납다. 카스가가 훨씬 용감하다. 소야마를 만나고 오겠다고 선언하고 교실을 나서는 카스가의 뒷모습을 보며 그렇게 생각했다.

실제로 그렇지 않은가.

누가 봐도 나는 하찮은 겁쟁이로, 이야기의 조연 그 자체다.

앞으로도 계속 이런 인생을 살아가야 한다고 생각하니 신물이 났다.

그렇게 상념에 잠겨 딱딱한 나무 의자에 깊숙이 기대앉은 채로 방과 후의 교실에서 카스가가 돌아오기를 기다렸다. 칠판 위 하얀 시계의 초침이 시간을 아로새겨나갔다. 무게중심을 뒤로 옮겨 의자 다리 두 개만 바닥에 대고 불안정하게 흔들렸다. 교실 바닥이 쓸쓸한 소리를 냈다. 멀리 복도에서 학생들의 웃음소리가 들려왔다. 저절로 한숨이 새어나왔다. 여름인데도 꽁꽁 얼어붙을 것처럼 고독하다고 느꼈다.

교실 미닫이문이 열리는 소리가 났다.

"거절당했어."

카스가가 돌아왔다.

뭐라고 위로해야 좋을지 몰라 난감했다.

그 눈에는 눈물이 고여 있었다.

카스가가 몸을 던지듯 내 품으로 달려들었다.

본의 아니게 약간 가슴이 두근거렸다.

카스가, 이렇게 무방비해도 괜찮은 걸까 하는 생각이 들었다.

어쨌거나 나도 남자고 이성인데 말이다.

그 상태로 나는 카스가가 울음을 그칠 때까지 기다렸다.

"……있잖아."

그렇지만 나는 그렇게 자기 분수도 모르고 정면으로 부딪칠 줄 아는 카스가가 조금은 부럽게 느껴졌다.

"나도 사실은 카스가 너처럼 되고 싶어."

"그럼 돼볼래?"

어느새 울음을 그친 카스가가 불쑥 고개를 들더니 나를 빤히 쳐다보며 물었다.

"뭐?"

"약속한 거 잊어버렸어? 같이 고백하자고 아오키 네가 그랬잖아.

"그러기는 했지만……."

"그러니까 이번에는 네가 고백할 차례야."

카스가가 내 팔을 꽉 움켜쥐었다. 거부해도 용납하지 않을 분위기여서, 나는 찍소리도 하지 못했다.

"가자."

카스가가 내 팔을 잡아끌며 걸음을 옮겼다. 계단을 내려가 지하에 있는 학생식당을 지나치자 곧이어 생협 건물 앞에 있는 벤치가 나왔다. 그곳은 여자 테니스부원들이 종종 수다를 떠는 장소였다.

그래서인지 나루세가 있었다. 혼자였다.

"나루세."

카스가가 말을 걸었다. 깜짝 놀란 기색으로 나루세가 우리를 보았다.

"아오키가 할 말이 있대."

내가 당혹스러워하는 것만큼이나 나루세도 난감한 표정을 지었다.

"꼭 전하고 싶은 이야기, 하고 싶은 이야기가 있대."

"……뭔데?"

나루세의 목소리에서는 어딘가 언짢아하는 기색이 느껴져, 나는 주눅이 들었다. 그러자 나루세가 천천히 내게로만 시선을 향했다. 뭔데? 라고 다시 한 번 묻는 것처럼.

"어, 아니……." 얼버무릴 생각은 없었지만, 순간적으로 말문이 막혔다.

"저기, 장난삼아 이러는 거면……."

"제발 들어줘."

자기 일도 아니건만, 카스가가 간절한 목소리로 나루세를 가로막았다.

"끝까지 들어주지 않으면 아오키, 평생 저렇게 좀비 같은 느낌으로 산송장처럼 살 거야."

카스가의 눈에는 요즘 내 모습이 그렇게 비쳤던 모양이다.

"그래서 뭐? 하고 싶은 말이 있으면 빨리 해."

재촉하는 나루세의 얼굴을 보고 나는 마침내 각오를 다졌다.

"그게, 나 실은 나루세 널 좋아했어. 그러다 보니까 이상해져버렸고. 아마 너도 어렴풋이 눈치챘을 테지만. 내가 감히 넘볼 수 없는 상대라는 것도, 나랑 너는 안 된다는 것도 알아. 딱히 나하고 사귀자거나 뭐 그런 게 아니라, 일종의 동경이랄까? 그러니까 앞으로도 가끔 친구처럼 이야기하고 싶어. 그게 다야."

"난 달라."

나루세의 목소리가 떨렸다.

대체 무슨 일이 일어나는 거지?

나는 그것이 내게 닥친 일이라는 감각이 희박한 상태로 눈앞의 나루세를 멍하니 쳐다보기만 했다.

"아오키 네가 그런 식으로 누가 누구한테 과분하니 어쩌니 네

멋대로 망상하는 것뿐이잖아. 하지만 난 현실이야. 네 망상 속의 이상적인 여자애가 아니야. 살아 있고 마음이 있고 상처도 입고, 또 지금도 살아 있다고. 알겠어?"

나는 알지 못했다. 나루세가 하고 싶은 말이 무엇인지.

"미안해, 나루세."

"뭐가 미안한지도 모르면서 무턱대고 사과하지 마. 알지도 못하면서 아는 척하지 말라고."

나루세의 말은 마치 뺨을 손톱으로 할퀸 것처럼 강하고 아프게 남았다.

"나루세, 나 여태까지 전혀 눈치 못 채서 물어보지 못한 게 있어."

"뭔데?"

"나루세, 왜 순정만화를 좋아한다고 거짓말했어?"

"그것도 몰라?"

나루세의 얼굴이 와락 일그러졌다.

"이런 거, 이상해."

"뭐가?"

"나 아무래도 좋아할 사람을 잘못 고른 거 같아."

그 말을 끝으로 나루세는 떠나버렸다.

"나루세가……." 어떻게 된 거야? "나를……." 완전히 의미 불명이다.

부조리하다.

"방금 좋아한다고 한 거 맞지?"

카스가는 "응, 맞아." 하고 확인하듯 말했다.

일단 마음을 가라앉히기 위해 나는 우선 생협 앞 자판기에서 바나나우유 팩을 뽑았다. 두 개 사서 카스가한테도 하나 나눠주었다.

그리고 둘이서 학교 외벽에 기대어 잠자코 우유를 마셨다.

"너무 달아."

카스가가 인상을 쓰며 혀를 내밀고 말했다.

제5화

1

우리 집 부엌 바닥 밑의 수납공간에는 술이 있어서, 카스가와 함께 슬쩍 빼돌렸다. 도둑이 된 기분으로 양손에 스트롱 제로[#9] 츄하이 캔을 들고, 아무래도 집에서 마시기는 조금 껄끄럽다는 결론에 따라 가까운 공원으로 갔다.

비가 내려서 모래가 축축하게 젖은 공원에 도착해 벤치에 맺힌 물방울을 카스가가 손수건으로 닦아낸 다음, 둘이 나란히 앉았다.

"고생 많았어."

카스가와 건배를 하고 츄하이를 꿀꺽꿀꺽 들이켰다.

"기껏해야 차였을 뿐이잖아. 죽는 것도 아닌데 뭐."

"세상이 멸망하는 것도 아니고."

심야의 공원에는 아무도 없었다. 경찰이 오면 걸릴지도 모르지만, 그럴 기미도 없었다.

"그래도 난 생각보다 즐거웠어. 요새 뭔가 충실한 느낌이었거든."

"그러게."

#9 스트롱 제로 일본의 츄하이(소주에 탄산수와 과즙 등을 섞은 것) 제품명.

나는 카스가와 함께 했던 지난 몇 달간을 떠올려보았다. 그 시간도 이제 일단락되었다는 뜻이겠지.

"카스가 너하고 이렇게 만나는 것도 오늘이 마지막이라고 생각하니 여러모로 감회가 깊은걸?"

"응? 마지막이라고?"

카스가가 조금 놀란 기색으로 물었다.

"당연하지. 우리 관계는 어디까지나 포인트를 올리고 고백하는 게 목적인 관계였잖아? 그러니 이제 더 만날 이유도 없지."

"그런가?"

카스가가 들고 있던 츄하이 캔을 비웠다. 얼굴이 빨갰다.

"아오키 네가 그렇게 말한다면 그런 거겠지."

"마지막이니까 신나게 마시자고. 청승 떨었다가는 이래저래 후유증이 남을 거 같으니까."

"좋아."

그 후에는 한바탕 난리가 났다. 카스가는 "봐, 나 옆으로 돌기 좀 잘한다?"라며 손이 더러워지거나 말거나 무한 옆 돌기를 하며 연신 술을 마셔댔고, 그러다 지치자 "행복한 커플은 다 죽어버려."라고 공허한 눈빛으로 중얼거리며 빠른 속도로 술을 들이켰다. "연애 따위 안 해도 사는 데 지장 없어." "어차피 핵미사일이 떨어지면 연애 같은 게 무슨 소용이야?" "연애 따위 집어치우고 공부나 하라고." "학생의 본분은 공부 아냐?" 투덜투덜 볼멘소리를 늘어놓던 카스가는 별안간 배터리가 떨어진 로봇처럼 축 늘어지더니 그대로 잠들고 말았다.

“야, 카스가. 일어나.”

내 말은 귓등으로도 안 듣고 카스가는 벤치에 앉아 쿨쿨 잠에 빠져들었다. 성가셨지만 그냥 두고 가버릴 수도 없는 노릇이었다. 한동안 깨울 마음도 나지 않아 가만히 카스가를 바라보고 있자니 불현듯 이상한 기분이 들었다. 이러면 안 된다. 눈을 감고 그 충동을 억누르는 사이, 나까지 깜빡 잠이 들고 말았다.

그러다 느닷없이 입술에 부드러운 감촉이 느껴지는 바람에 화들짝 놀라서 눈을 떴다.

바로 눈앞에, 숨결이 닿을 만큼 가까운 곳에 카스가의 얼굴이 있었다.

“아오키, 일어나. 이제 가자.”

돌발 상황에 빠릿빠릿하게 반응하지 못하고, 나는 겨우 “야, 너 방금…….”이라고만 말했다.

“아무리 깨워도 안 일어나는걸 어떡해?”

그렇게 대꾸한 카스가는 이미 내게 등을 돌리고 몇 미터 앞을 걸어가는 중이어서, 그 얼굴은 볼 수 없었다.

“자, 가자. 얼른.”

계속 추궁하는 것도 귀찮고 해서 나는 그저 담담하게 카스가를 뒤따라갔다.

공원 조명도 어느새 꺼져버려, 정말로 칠흑 같은 밤이었다.

불현듯 말해버릴까 하는 생각이 들었다.

그런 생각이 들었다는 사실이 놀라웠다.

아마 인간으로서 다소 느슨해졌던 게 아닐까 싶다.

다른 사람과 함께 있을 때면 항상 느껴졌던 미묘한 긴장감이 풀어져, 저도 모르게 털어놓고 싶은 마음이 싹텄다. 카스가에게는 이야기해도 괜찮을 것 같은 기분이 들었다.

어쩌면 믿어줄지도 모른다.

"나 사실은 보여, 포인트."

"응? 뭐가?"

"그러니까 여태까지는 내가 이것저것 따져서 남한테 멋대로 포인트를 매긴다는 식으로 설명했지만, 사실은 그게 아니라 진짜로 보인다고. 포인트. 머리 위에 떠 있어. 네 포인트도, 다른 사람들의 포인트도 전부 다."

"아하…………."

침묵이 흘렀다. 영겁과도 같은 시간이 흐른 후, 마침내 카스가는 다시 입을 열었다.

"그럼 난 이만 가볼게."

"안 믿지?"

"당연하지. 혹시 진심으로 하는 말이면 아오키, 병원에 가보는 편이 낫겠어."

헤어지기 전에 카스가는 어이없다는 듯 그렇게 말했다.

병원에는 다닌다고, 지금도.

2

누구에게나 만나기 싫은 사람은 있기 마련이다.

얼굴도 잘 알고, 그 사람의 특정한 면을 혐오하기에 마주치고 싶지 않다.

예를 들면 내게는 코우 형이 그런 존재였다.

그런 흔한 패턴과는 다르게 일면식도 없는 타인, 즉 이야기 한 번 나눠본 적 없고 얼굴도 모르지만 이상하게 만나기 싫은 경우도 있다.

내게 그런 사람은 바로 누나의 결혼 상대였다.

집에 와보니 낯선 가죽구두가 눈에 띄었기에 그대로 발길을 돌려 밤 산책이라도 나가버릴까 고민했다. 하지만 현관문 여는 소리가 들렸는지, 매일 꼬박꼬박 인사를 하는 것도 아니면서 그날따라 누나는 유별나게 현관 앞까지 나와 "왔니?"라며 나를 맞이했다.

"남자친구 왔어?"

모르는 남자 목소리가 거실에서 들려왔다. 그 상황에 역시 뭔가 위화감이 들었다.

"나오토, 예의 바르게 인사하도록 해. 알았지?"

거실로 들어서자, 남자는 나보다 먼저 "안녕하세요."라고 말하며 일부러 자리에서 일어나서 고등학생인 내게 정중하게 인사를 건넸다. 그 얼굴에는 묘한 자신감이 가득했다. 포인트, 68. 누나 치고는 그럭저럭 성공했구나 싶었다.

누나의 새 남자 친구는 IT 회사에 다닌다고 했다. 젊은 나이에 이미 임원직을 맡고 있다나? 잘은 모르지만 아마 대단한 거겠지. 솔직히 딱 보기에도 잘생긴 얼굴은 아니었다. 그런데도 포인트가 68이나 된다는 말은 외모를 제외한 다른 요소는 전부 뛰어나다는 뜻이나 다름없다. 그러니 이쯤에서 적당히 타협하는 게 바람직하겠지.

다른 식구들은 모두 하하호호 웃느라 바빠서, 어쩐지 이 남자 앞에서 행복한 가족을 연기하는 느낌이 들었다.

옛날의 코우 형이라면 이럴 때 어떻게 했을까? 나는 그렇게 시시한 생각을 했다. 당시 코우 형이 어린 내 앞에서 보여주었던 것처럼 양팔을 십자가 모양으로 교차하면 레이저 빔이 발사되어 이 우울한 풍경을 모조리 불살라버릴 수 있다면 좋으련만.

"죄송합니다. 회사 전화라서요."

양해를 구하고 누나의 남자친구가 도중에 자리를 떴다. 어차피 식사는 거의 마무리되어가는 상황이었으므로 별 문제는 없었다.

"사람이 괜찮아 보이는구나."

엄마의 말에 아버지와 누나가 동의하듯 고개를 끄덕였다. 나도 같은 생각이었다. 그러면서도 차라리 더 변변찮은 남자였으면 좋았을 텐데 하고 지독하게 삐뚤어진 생각을 했다.

얼른 내 방으로 올라가려고 거실을 나서는데, 통로에서 누나의 남자친구가 살벌한 분위기로 통화를 하고 있었다. 어조는 온화했지만 냉혹한 말로 통화 상대를 꾸짖는 중이었다. 저 냉혹함이 언젠가 누나에게 향하는 날이 올까?

눈이 마주치자 누나의 남자친구는 빙그레 웃더니 이윽고 전화를 끊었다.

그리고는 나를 향해 "죄다 무능한 놈들뿐이라서 말이야."라고 말했다. 그 말투가 왠지 약간 뿌듯해하는 것처럼 느껴져, 나는 아무래도 이 사람이 별로 마음에 들지 않는 모양이라고 생각했다.

3

점심시간에 휴대폰으로 크리스티아누 호날두가 절호의 찬스에 날린 슈팅이 번번이 골문을 벗어나는 유튜브 동영상을 멍하니 보고 있다가 불현듯 생각했다. 그래, 이게 바로 며칠 전의 내 모습이로구나.

어쩌다 이 지경이 된 거지?

분명 쌍방통행이었을 텐데.

이렇게 결정적인 찬스를 날려버리다니, 나란 놈은 정말 평생 연애 한 번 못해보고 죽는 게 아닐까? 그럴 가능성도 있어 보였다. 이대로는 한평생 애인 없이 살다간 사람이 되어버린다. 그것도 괜찮을지 모르지만, 고독한 삶이다.

그렇게 고독한 삶을 이어간 끝에는 과연 무엇이 있을까?

그야 물론 아무것도 없을 테지.

내 안에는 항상 대인관계에 대한 막연한 불안이 도사리고 있었다.

그날 이후로 카스가하고는 거의 이야기를 나누지 않았다. 개인적인 대화는 단 한마디도 하지 않았다.

때로는 수업이 끝난 후에 무심코 카스가에게 말을 걸 뻔했다가 퍼뜩 정신을 차리기도 했다.

카스가는 자기와 포인트가 비슷한 아이를 상대로 능숙하고 자연스럽게 잡담을 주고받는 중이었다. 평범한 고등학생 노릇을 잘 해내는 것처럼 보여서 다행이라고 생각했다.

그날 밤 공원에서 거리를 두자는 말을 꺼낸 사람은 나였지만, 거의 남이나 다름없는 지금의 거리감이 적절한지는 알 수 없었다.

그런 식으로 조금 외롭지만 또 후련하기도 한 미묘한 심정으로 지내던 어느 날 밤, 카스가가 불쑥 라인을 보내왔다.

[카스가: 상의하고 싶은 게 있어]

바로 읽은 표시를 내버리고 잠시 후회했다. 마치 카스가가 라인을 보내기만을 애타게 기다린 것처럼 보였기 때문이다. 그래서 실시간으로 답장을 보내기가 껄끄러웠다. 그렇게 미적거리며 답장을 미루는 사이, 반응할 타이밍을 놓쳐버렸음을 깨달았다. 일주일도 넘게 지나서 답장을 보내다니 아무래도 이상하지 않은가.

처음부터 그럴 작정은 아니었지만, 결과적으로는 카스가의 라인을 무시한 꼴이 되어버린 셈이었다.

고작 라인 한 통일 뿐이건만, 방심하면 금방 이렇게 실수를 저지르고 만다.

그날은 교실에 들어서자마자 무의식적으로 나루세의 모습을 찾았다. 하지만 어째서인지 눈에 띄지 않았다. 결석인가?

하지만 담임이 들어와서 출석을 부르다가 "나루세." 하고 호명하자, "네."라고 대답한 사람이 있었다.

목소리가 들려온 쪽으로 시선을 향했다.

그곳에는 딴사람이 있었다.

59.

나루세의 포인트는 믿기 어려울 만큼 낮아진 상태였다.

여태까지는 연하게 화장을 하고 다녔는데, 지금은 완전히 민낯인 데다 머리카락은 새까맣고 부스스했다.

도수 높은 안경에 겨자색 카디건과 물 빠진 꽃무늬 치마, 아줌마 같은 옅은 베이지색 셔츠를 입은 것도 모자라서 베레모까지 쓰고 있었다. 뭐냐고, 데즈카 오사무[#10]냐고.

조례 시간이 끝나자마자 나는 그 만화의 신에게 말을 걸었다.

"나루세……?"

"네, 무슨 일이신가요?"

"평소랑 분위기가 너무 다르잖아."

나는 돌직구를 던졌다.

"이미지 역(逆)변신을 시도해볼까 하고요."

이미지 역변신이라니, 생소한 표현이었다. 나루세가 만들어낸 말인지도 모른다.

#10 데즈카 오사무 일본에서 만화의 신으로 추앙받는 만화가. 베레모와 안경을 자주 착용했다.

"나루세 씨는 어째서 이번에 이미지 역변신을 해야겠다는 발상을 떠올리시기에 이르게 되신 건지요……?" 나는 얼떨결에 초짜 리포터처럼 어눌한 말투로 그렇게 물었다.

"그냥 별 이유 없는 스타일 변화인데요."

나루세의 그 스타일 변화는 내게 큰 충격을 주었다.

카스가에게 「나루세가 저렇게 된 거, 설마 나 때문인가?」라고 라인을 보내고픈 마음이 굴뚝같았지만, 금방 냉정을 되찾고 그만 두었다.

내가 이야기해야 할 사람은 카스가가 아니라 나루세니까.

그리하여 그 이튿날, 나는 「어색하지 않게 말을 거는 법의 레퍼토리 부족 문제」에 부딪혔다. 특별한 의도 없이 자연스럽게 나루세와 이야기하는 분위기를 내고 싶었다. 그래서 왜 외모에 신경을 쓰지 않게 되었는지 등등, 이것저것 물어보고 싶었다.

점심시간에 가만히 나루세를 관찰하며 나는 고민했다.

그나저나 궁금해서 그러는데, 정상적인 사람들은 평소에 대체 어떻게 평범한 잡담을 나누는 거지? 생각하면 할수록 수렁에 빠져들 뿐이라고 생각하면서도 나는 하염없이 고민했다. 「어제 뉴스 봤어?」는 어떨까? 하지만 정작 내가 어제 뉴스 토픽을 잘 몰랐다. 휴대폰을 꺼내 인터넷 뉴스를 뒤져보았다. 하나같이 어두운 내용들뿐이었다. 「어제 불법 정치자금 뉴스 봤어? 한 번이라도 좋으니 나도 뒷돈 좀 받아보고 싶다니까.」는 좀 이상하잖아.

더 친숙한 화젯거리, 뭐 없을까? 학교 이야기라든가. 뭐가 있었더라? 시험 이야기는 어떨까? 이번 물리 시험범위 다 외웠어? 주기율표 말인데, 헤헤 리베 비키니 예쁘다의 리베는 도대체 누구래? 너무 썰렁하잖아. 아까 인터넷으로 찾아봤는데, 리베란 독일어로 사랑한다는 뜻이래. 실은 나도 나루세를 사랑하지만 말이야(씨익). 윽, 더럽게 느끼하네.

"저기, 아오키. 아까부터 뭐하는 거야?"

어이없어하는 기색이 묻어나는 나루세의 목소리에 나는 화들짝 놀랐다. 나루세가 먼저 말을 걸어올 줄은 상상도 못했다.

"응? 어, 그냥. 그, 근데 왜?"

"네가 아까부터 뚫어지게 쳐다봤잖아. 뭐 때문에 그래?"

"아, 맞다. 헤헤 리베……."

"방금 무지하게 실없는 소리로 얼버무리려고 했지?"

순식간에 간파당하는 바람에 나는 꿀 먹은 벙어리가 되고 말았다.

주위를 살피자 다른 아이들이 이쪽을 주목하는 게 느껴졌다. 나루세는 눈에 띄는 타입이다. 그런데다 나처럼 미묘한 아웃사이더와 이야기하는 상황이면 한층 더 시선을 끌기 마련이다. 어쩌면 지나친 생각인지도 모른다. 그래도 괴로웠다.

"여기서 이야기하기는 좀 그런데……."

그러니까 이번에도, 그래, 시청각실이다. 그리로 가자. 그렇게 제안하려고 한 순간, 나루세가 선수를 쳤다.

"그럼 수업 끝나고 노래방이라도 갈래?"

"엥?"

내가 한심할 만큼 얼빠진 반응을 보이자, 나루세가 언짢은 기색으로 대꾸했다.

"싫어? 싫으면 말든가."

"아, 아냐. 가고 싶어. 가자!"

불안과 긴장, 혼란과 기대로 심장이 빠르게 고동쳤다. "그럼 이따가 봐." 나루세는 다시 자기 자리로 돌아갔다.

그 후로 나는 마음이 싱숭생숭해서, 오후 내내 계속 휴대폰 게임을 하며 수업이 끝나기만을 기다렸다.

4

그리하여 방과 후, 우리는 학교 근처에 있는 노래방을 찾았다.

"아오키, 큰일이야."

그 사실을 먼저 눈치챈 사람은 나루세였다.

"뭐가?"

그때 우리는 막 방에 들어온 참이라 아직 한 곡도 부르지 않은 상태였다.

이 노래방은 셀프 시스템이어서 나루세가 직접 음료를 가지러 갔다 왔는데, 그러다가 우연히 옆방의 상황이 눈에 들어온 모양이었다.

"옆방이 위험해."

"그래?" 하고 적당히 대꾸하며 터치패널 리모컨으로 노래를 입력하려는데 "노래나 부를 때가 아니라니까?"라며 나루세가 내 팔을 잡아끌었다.

"대체 왜 그래?"

"일단 좀 와봐."

나루세에게 이끌려 복도로 나왔다. 나루세가 검지를 내 입술에 대고 쉿, 하는 신호를 보냈다. 나는 영문도 모르고 입을 다물었다. 그리고 나루세가 시키는 대로 유리문을 통해 슬쩍 옆방을 들여다보았다.

그러자 근육질의 남자가 시야에 들어왔다.

"근육밖에 안 보여. 뭐야? 에둘러 취향을 고백하는 거야?" 그렇게 묻자, 나루세가 내 귓가에 대고 "자세히 봐." 하고 속삭였다.

그래서 하는 수 없이 더 주의 깊게 보았다.

유심히 보니 그 근육 덩어리에는 얼굴이 달려 있었다.

소야마였다.

"소야마잖아? 근데 그게 뭐 어쨌다고?"

학교 앞 노래방이니 소야마가 있어도 이상할 것은 없다.

"한 명 더 있잖아."

그 말에 다시 시선을 돌리자 여학생이 보였다. 누구지? 유리문이지만 불투명한 젖빛 유리가 미묘하게 섞여서 얼굴이 잘 보이지 않았다. 그때 여학생이 자리에서 몸을 일으켰다. "위험해!" "후퇴하자!" 우리는 일단 우리 방으로 물러났다. 그리고 실내에서 슬그머니 복도 쪽을 내다보았다.
옆방에서 나온 사람은 다름 아닌 카스가였다.
한 겹 유리문 너머로 낯익은 카스가의 얼굴이 스쳐지나갔다.
"어떻게 된 거야?" 바로 옆에 있는 나루세의 얼굴을 향해 동요를 표출했다.
"그걸 내가 어떻게 알아?"
"하긴."
"그보다 아오키, 조금만 떨어져."
"……미안."
나는 황급히 몸을 뒤로 젖혔다.
"하지만 뭔가…… 달달하던데?"
"그랬나?"
"그랬어."
듣고 보니 아까 카스가와 소야마 사이의 거리감이 다소 가까웠던 것 같은 느낌이 들었다.
"이제 어쩔 거야?"
나루세가 내게 물었다.
"어쩌기는……."
이러쿵저러쿵 해봐야 애초에 카스가는 소야마를 좋아했으니, 냉정하게 따져보면 축하해야 할 일이겠지. 아마도.
"나하고는 상관없는 일이잖아."
"그럼 됐고."

나루세가 인조 가죽 소파에 깊숙이 기대앉으며 말했다. "선곡해." 그럴 마음이 나지 않았다. 실제로는 몹시 찜찜한 기분이었다. 그렇게 가라앉은 내 기분을 바꿔놓고 싶었는지, 나루세가 초조한 기색으로 제의했다.

"그럼 우리 노래 시합하자. 진 사람이 이긴 사람 소원 하나 들어주기. 알았지?"

그래서 내가 먼저 노래했다. 곰곰이 생각해보니 나루세와 노래 취향이 맞는지도 미지수였다. 나는 조금 마이너한 록을 즐겨 들었지만, 나루세가 그런 노래를 알지 자신이 없었다. 그래서 히트곡 차트에 자주 등장하는 관심 없는 밴드의 굳이 따지자면 싫어하는 쪽에 가까운 노래를 입력했다. 히트곡이었기 때문이다. 나는 일단 그런 노래도 부를 수 있도록 준비해두는 편이다. 오로지 반 애들과 노래하러 왔을 때 분위기를 망치지 않기 위해서.

음정을 맞추는 데에만 신경 쓰며 노래했고, 노래가 끝나자 점수가 공개되었다. 82점. 적당한 점수였다. 다만 이런 곳에 와서까지 포인트에 좌우되어야 한다고 생각하니 어쩐지 숨 막히는 기분이 들었다.

"내가 좋아하는 노래 불러도 돼?"

나루세가 선택한 것은 조금 옛날 노래였다. 누구나 알 만큼 유명한 곡이냐고 하면 미묘했다. "이거, 아오키를 위한 노래네." 간주가 나오는 사이 나루세가 말했다. 구질구질하게 고민하는 남자의 노래였다. 어둡고 격렬한 곡. 보컬은 남자였다.

소야마와 카스가는 지금 무슨 이야기를 하고 있을까? 그런 생각이 자꾸만 머릿속을 맴돌았다.

나루세의 창법은 노래하고 기막히게 어울렸다. 아니, 그보다 노래를 이렇게 잘 한단 말이야? 하고 깜짝 놀라고 말았다. 조금 깬다 싶을 만큼 잘 불렀다. 굳이 점수를 확인할 필요도 없이 나루세의 압승이었다.

나루세가 마이크를 내려놓자 실내가 밝아졌다. 점수는 94점이었다.

"나루세, 노래 진짜 잘하네."

"옛날에 밴드를 하려고 했거든. 사실은 경음악부에 들어가고 싶었어. 견학도 갔었고. 신입생 보컬 오디션 곡이었거든. 그래서 연습했지."

"하지만 넌 그때도 테니스부였잖아?"

"겸업할 작정이었거든. 하지만 밴드는 포기했어. 그런 열정은 금방 식기 마련이잖아. 뭐 굳이 그렇게까지, 라는 느낌이랄까?"

내 눈에는 짧은 시간일망정 무언가에 몰두해본 나루세가 나보다 훨씬 나은 인간처럼 보였다. 나는 그 어떤 일에도 전혀 몰두해본 적이 없다. 내가 열중했던 일이라고는…… 기껏해야 카스가의 포인트를 높이는 것 정도였는지도 모른다.

"나루세, 네가 이겼어. 뭐든지 원하는 걸 말해봐."

내 말에 나루세는 잠시 생각에 잠겼다. 그런 반응이 돌아오면 이쪽도 저절로 긴장하게 되기 마련이다. "너무 돈이 많이 드는 건

빼줘." 나는 서둘러 덧붙였다.

나루세는 나를 빤히 바라보며 천천히 얼굴을 가져다댔다. 분위기가 이상했다. 노려보는 듯한 표정이었다. 이윽고 나루세의 얼굴이 지나치게 가깝다 싶을 만큼 가까이 다가왔고…….

입술과 입술이 맞닿았다.

"……."

"……."

뭐야? 방금 무슨 일이 일어난 거지?

"……나 먼저 갈게."

나루세는 자기 가방을 휙 집어 들고 도망치듯 방을 빠져나갔다.

그 후에는 나 혼자만 덩그러니 남겨졌다.

손에 쥔 마이크를 입가에 대고 "대체 뭐냐고!"라고 빽 소리쳐 보았다. 그러고 나서야 이러다 잘못하면 옆방의 두 사람에게 들킬지도 모른다는 생각이 들었다.

카스가와 소야마도 옆방에서 아까의 나루세와 나 같은 짓을 하고 있는 걸까?

그런 생각을 해본들 달라질 것도 없지만 말이다.

나루세가 가버리고 나니 혼자 노래할 마음도 나지 않았다. 그래서 집에 가기로 하고 힘없이 계산서를 집어 들었다.

그러고 보니 나루세는 돈 내는 걸 깜빡하고 가버렸다.

그 자체는 상관없었다.

문제는 지갑 속을 살펴보니 동전 몇 개 말고는 들어 있는 게 없었다는 점이었다.

어떡하지?

돈이 모자라.

나는 한숨을 쉬며 한동안 좌절한 다음 휴대폰을 켰다. 그리고 카스가에게 라인을 보내려고 했다. 문자를 입력했다.

[지금 당장 돈 좀 빌려줘]

그 메시지를 나는 끝내 보내지 못했다.

바로 옆에 있는데도, 여태까지 줄곧 곁에 있었는데도, 마치 외국에 있는 것처럼 카스가가 한없이 멀게만 느껴졌다.

5

결국 누나에게 도움을 청해서 간신히 귀가한 다음, 침대에 옆으로 누워서 라인을 켰다. 잠시 망설였지만 이대로는 잠이 올 것 같지 않았다. 그래서 나루세에게 메시지를 보냈다.

[나: 아까 그거, 뭐였어?]

똑바로 돌아누워 천장을 올려다보았다. 내가 지금 뭐하는 건가 생각하며.

[나루세: ……그냥]

[나: 키스를 그냥 하지는 않잖아]

[나루세: 그런 거]

[나루세: 묻지 마]

모르겠다. 뭐라고 보내야 좋을지. 어렵다. 단지 텀이 너무 길어지면 고심해서 보내는 인상을 줄 것 같아서 싫었기에 무작정 보냈다.

[나: 사실 오늘은 좀 다른 이야기를 할 생각이었어]

[나루세: 무슨 이야기?]

[나: 그게……]

[나: 나루세, 요즘 차림새가 좀 이상하지 않아?]

[나루세: 뭘 입고 다니든 내 맘이잖아]

[나루세: 안 그래?]

[나: 그래도 너무 이상하잖아. 왜 난데없이 스타일을 바꾼 건데?]

[나루세: ……]

[나루세: 뭐랄까]

[나루세: 그쪽이 아오키 네 취향이 아닐까 해서. 맞춰봤어]

한창 메시지가 오가는 와중에 웬일인지 카스가가 불쑥 라인을 보내왔다.

[카스가: 저기]

특별한 용건도 없는 눈치길래 확인하지 않고 그냥 넘겼다.

그리고 다시 나루세와 대화를 이어갔다.

[나: 그게 무슨 소리야?]

[나루세: 그러니까 좀 수수한 차림새라든가]

[나루세: 어수룩한 분위기인 게 낫지 않을까 싶어서]

[나: 그 말은]

[나: 일부러 수준을 낮췄다는 거야?]

[나루세: 몰라]

[나루세: 도무지 모르겠어]

[나루세: 힘들어]

[나루세: 아오키, 내가 어떻게 해주길 바라?]

[나: 어떻게 하다니……]

정서불안정의 원인이 나였단 말인가? 이럴 때 모범답안은 뭐더라?

[나: 그냥 나루세 너답게 행동하면 되지 않을까?]

[나루세: 하지만]

[카스가: 있잖아]

카스가, 좀 조용히 해봐.

[나루세: 나다운 내가 따로 있는 건 아닌걸]

[나루세: 아까 잡지에 보니까 「소품 활용으로 나만의 개성을 업그레이드!」라고 돼 있던데]

[나루세: 그렇게 하면 될까?]

[나루세: 미안, 이제 됐어]

윽, 성가셔. 솔직히 약간 깼다.

나루세, 원래 이런 애였나?

[카스가: 야!!]

[나: 이제 됐다니, 뭐가?]
[나루세: 아오키, 너 성가셔]
나? 내가 성가시다고? 어째서?
하지만 따지고 보면 나도 성가신 타입인지도 모르겠다.
[나루세: 뭐라고 말 좀 해봐]
[뭐라고 해야 좋을지 모르겠다고!]
(↑ 못 보냄)

[카스가: 무시하지 마!]
카스가, 헷갈리니까 말 걸지 마. 포기해.

[나루세: ……그래도 오늘 노래방은 재미있었어]
[나: 그래?]
[나루세: 우리 또 같이 놀러가자]
[나: 좋아. 어디 갈래?]
그렇게 보내놓고 아차, 실수했나? 내가 먼저 가고 싶은 곳을 말했어야 했나? 하고 생각했다. 하지만 이미 읽음 표시가 생겨난 후였다.
한편 방치해둔 카스가는 여전히 간헐적으로 끈질기게 라인 메시지를 보내오는 중이었다.

혀를 차고 카스가 쪽 대화창을 열었다. 넌 소야마하고 노래방 갔다 왔으니까 됐잖아. 해피하잖아. 알아서 행복하게 살라고!

[나: 뭐야?]
[나: 나 지금 바쁘거든?]
[카스가: 문제가 좀 생겼어]
[나: 뭐?]
[나: 뭔데?]
[나: 야, 빨리 말해봐]

미묘하게 긴박해진 분위기 속에서 카스가와 대화하는 사이, 이번에는 나루세가 보낸 메시지가 도착했다.
[나루세: 아오키, 어디 가고 싶어?]
[나: 네가 가고 싶은 데면 다 좋아]
[나루세: 그런 대답 말고]
[나루세: 뭐든지 다 내가 결정하게 만들지 마]

이렇게 된 이상 카스가 쪽 대화창과 나루세 쪽 대화창을 분주하게 오가면서 메시지를 보내는 수밖에 없다. 어쩐지 정신 사나운 데다 머릿속이 살짝 꼬이는 느낌이 들었다.
[나: 야, 너 지금 어딨어?]
[카스가: 공원]

[나: 공원이라고만 하면 어떻게 알아?]
[카스가: 저번에 너랑 술 마셨던 데]
[나: 문제가 뭔데?]
[카스가: 내 마음]
[나: 뭔 소리야? 무진장 성가시거든?]

나루세가 원인인 성가심과 카스가가 원인인 성가심이 곱해져 성가심의 제곱이 되는 바람에, 내 뇌세포는 처리용량을 초과하기 일보 직전이었다.

무슨 말인지는 모르겠지만, 어쩌면…… 아니, 어쩌고 말고 할 것도 없이 백퍼센트 소야마와 관련된 일이겠지. 반응을 보여야 하나? 아니면 계속 무시해야 하나? 누군가에게 상담하고픈 심정이었다. 하지만 내게 상담할 사람 따위는 없다. 시험 삼아 시리(Siri)에게 의논해보았다. "카스가한테 어떤 반응을 보이면 좋을까?" "죄송합니다. 잘 모르겠습니다." 매정하기는.

[나루세: 알았어]
[나루세: 그럼 내일 우리 집에 올래?]
[나: 아, 응]
[나루세: 그럼 그때 다시 이야기하자]

나는 나루세와의 대화가 일단락되었다는 사실에 안도했다.

[카스가: 아무튼 아오키, 막아줘]

[나: 막다니, 뭘?]

[카스가: 내]

[카스가: 부족한 어휘력으로는]

[카스가: 설명하기 힘들어]

[카스가: 아무튼]

[카스가: 도]

[카스가: 와]

[카스가: 줘]

진짜 뭐하자는 거냐고. 작작 좀 하라고.

휴대폰을 방구석으로 내팽개치고 엎드린 자세로 침대에 얼굴을 묻었다.

무시하자.

성가시다.

무시하는 거다, 무시.

무시할 테다.

밤이고. 이미 씻었고. 이도 닦았고. 남은 일은 자는 것뿐이다. 나가기 싫다. 내일은 나루세를 만날 예정이고. 얼른 자자. 게다가 카스가하고는 이제 친하게 지내지 않는 편이 낫다. 왠지는 모르지만 역시 그런 생각이 든다.

한동안 가지 않을 구실을 찾았다.

그러다가 결국 신경이 쓰여 침대에서 몸을 일으켰다.

타인과 얽히면 성가신 일만 늘어난다.

샌들을 꿰어 신고 집을 나섰다.

도와달라니 뭐냐고. 기분이 이상하잖아.

잰걸음으로 공원으로 향하는 길에 나는 다소 기묘한 감각을 맛보았다.

컨디션이 안 좋은가? 역시 그냥 잘걸 그랬다. 뭐지? 어쩐지 기분이 나빴다.

살짝 땀이 배어날 만큼 빠르게 다리를 놀렸다. 졸음을 쫓으려고.

위화감이 느껴졌다. 뭔가 잘못되었다. 내 안의 감각이 어딘가 이상했다.

단순히 카스가의 라인 때문만은 아니었다.

내가 내가 아닌 듯한 기묘한 감각이 엄습해왔다. 마음이 편치 않았다.

횡단보도 건너편에서 빛나는 편의점 불빛이 눈부셨다.

간선도로를 달리는 차량의 엔진 소리가 마치 모종의 의미를 담은 전위적인 노이즈 뮤직처럼 들렸다. 하지만 그 의미를 나는 영영 알아낼 수 없을 것만 같은 기분이 들었다.

신호등이 파란불에서 빨간불로 바뀌어 걸음을 멈추었다.

이럴 때면 이따금 생각하고는 한다. 어쩌면 내 머리는 점점 이상해져 가는지도 모른다고. 그 추측은 지금도 부분적으로는 사실이지만, 전체적으로 훨씬 심각하게 이상해져가는 게 아닌가 하는 생각이 들었다.

나는 대체 몇 살까지 살 작정인 걸까. 이 상태가 계속된다면 아무리 아등바등해봤자 어차피 지옥일 게 뻔하지 않은가. 아니, 이러면 안 된다. 너무 섬세해서 고통받는 척하지 말라고 다시 마음을 다잡았다.

고민하고 싶지 않다. 고민하지 않아도 되는 약이 있으면 좋으련만.

공원은 이제 코앞이었다.

파란불이 들어와 땅을 박찼다.

뭔가가 뒤틀리기 시작했다.

공원 입구에 서서 가쁜 숨을 고르며 안쪽을 살폈다.

카스가와 소야마가 보였다.

둘이 벤치에 마주보고 앉아 있었다.

분위기가 좋았다.

난 대체 뭘 하는 거지? 카스가는 왜 날 이리로 부른 거야? 분위기 좋잖아. 마음대로 하라지. 실제로 이 분위기에서 저 둘 사이로 끼어들기는 불가능했다.

그리고 나는 보았다.

여러분은 본 적이 있는가?

자신과 친한 사람, 예를 들어 친구가 키스하는 모습을.

나는 보았다.

대단히 복잡한 심경이었다.

그와 동시에 나는 아까 집을 나섰을 때부터 줄곧 나를 따라다니던 위화감의 정체를 비로소 깨달았다.

포인트가 안 보였다.

두 사람의 포인트가 전혀 보이지 않았다.

제6화

아침에 일어나자마자 세면대 거울에 내 얼굴을 비춰보았다.

역시 없었다.

포인트가 보이지 않았다.

시작이 갑작스러웠던 만큼 끝도 갑작스러웠다.

여태까지 계속 보였던 탓에 위화감이 심했다.

"만세!"

저절로 혼잣말이 흘러나왔다.

줄곧 나를 괴롭혀왔던 포인트에서 마침내 해방된 것이다.

그러니 기뻐해야 마땅하지 않은가.

줄곧 포인트 따위 보이지 않기를 바랐다.

그동안 왠지 모르게 괴로웠다.

포인트 따위 안 보이는 게 낫다. 여태까지 포인트가 보여서 다행이라고 생각했던 적은 별로 없었다.

시야가 명료했다.

그런데도 그다지 상쾌한 기분이 들지 않는 까닭은 뭘까. 아직 포인트가 보이지 않는 상태에 적응이 되지 않은 것뿐일까?

교실에 들어섰지만 그 누구의 포인트도 보이지 않았다. 그저 지극히 평범한 풍경만이 펼쳐져 있을 뿐이었다.

"어제 왜 안 왔어?"

카스가의 목소리가 들려와 움찔했다.

뒤돌아보니 유령 같은 얼굴을 한 카스가가 서 있었다. 피부는 창백했고, 입술은 청색증 환자 같은 보라색이었다. 표정이 왜 그러냐고 생각했지만 물어볼 수 없었다. 사실은 갔었다는 말도 할 수 없었다.

"미안, 하지만……." 잘됐잖아. 너 소야마 좋아했으니까. 축하한다. 행복해져라. 뭐냐고, 코우 형이냐고.

"카스가, 왜 그렇게 어두운 얼굴을 하고 있어?"

"……내 얼굴, 그렇게 심각해?" 거울 좀 보고 와.

그때 수업 시작종이 치는 바람에 대화가 중단되었다. 카스가는 아직 할 말이 남았지만 무슨 말을 하고 싶은지 본인도 잘 모르겠다는 얼굴로 자리로 돌아갔다.

수업 시간에 휴대폰이 진동했다. 이상하게 짜증이 났다. 이쪽은 포인트가 안 보이는 상태가 낯설어서 미묘하게 신경이 곤두선 상태인데 말이다.

[나루세: 기억하지? 오늘 수업 끝나고]

생각났다. 오늘 나루세 집에 가기로 했었지.

[나: 물론이지. 기대된다]

다만 포인트가 보이지 않게 되었다고 해서 불편한 점이 없는 것은 아니었다. 당연하지만 그 불편함은 주로 수업과 수업 사이의 쉬는 시간에 찾아왔다.

그 대표적인 예가 남들과 가벼운 잡담을 주고받을 때였다.

반 아이들의 포인트가 얼른 떠오르지 않아서 누구 편을 들어야 할지 헷갈렸다. 지금은 아직 아이들 간의 역학관계를 막연하게나마 기억하므로 그럭저럭 대응할 수 있지만, 내년에 반이 바뀌면 갈피를 잡지 못할 것 같아 불안했다. 실제로 다른 반 애들과 이야기할 때는 이미 약간 어려움을 겪는 중이었다.

그보다 더 큰 문제는 나 자신의 감각을 이해하기 힘들 때가 있다는 점이었다.

여태까지는 포인트가 낮으니까 연관되지 말아야겠다고 생각했던 애하고 이야기하다가, 어느 순간 그 대화에서 즐거움을 느끼는 자신을 발견할 때가 있었다. 그럴 때면 허둥지둥 대화의 방향을 틀어 궤도를 수정하고는 했지만, 나중에 냉정하게 돌이켜보면 별로 바람직한 판단을 했다는 느낌이 들지 않았다.

대인관계에서 냉정하고 합리적인 판단을 내리지 못하게 되어버렸다. 정밀도가 떨어져버리고 말았다.

이래서야 과연 괜찮을까?

또 지금 내가 대체 몇 포인트인지 알 수 없다는 점도 불안을 부추겼다. 여태까지는 주머니에 손거울을 넣어놓고 시시때때로 내 포인트를 확인하고는 했다. 더는 그럴 수 없게 되자, 과연 내가 현재진행형으로 정답을 고르고 있는지 확인할 방법이 없어 겁이 났다.

모르는 사이에 내 포인트가 떨어졌으면 어쩌지? 그렇게 생각하면 무서웠다. 자신감이 조금씩 사라져갔다.

나루세와 한 약속을 적당한 핑계를 대고 취소하고픈 충동이 일었다. 포인트가 보이지 않는 이 일반적인 상태에 익숙해지기 전까지는 상대가 누구든 친밀한 대화를 나누지 않는 편이 낫지 않을까 싶었기 때문이다. 아무래도 위험할 것 같았다.

하지만 거절할 명분도 떠오르지 않아, 나는 결국 학교가 끝난 후 나루세와 둘이서 그 집으로 가게 되었다.

"시, 실례합니다."

현관에 부동자세로 꼿꼿하게 서서 긴장한 기색으로 집 안을 향해 인사하자, 나루세가 의아한 기색으로 나를 보았다.

"아무도 없어."

"……왜 아무도 없는데?"

"글쎄? 왤까?"

나루세는 장난스럽게 웃고는 내 등을 툭 치며 "들어와."라고 했다. 나는 시키는 대로 신발을 벗고 안으로 들어갔다.

나루세의 집은 신축인 데다 넓었고, 나루세처럼 좋은 냄새가 났다.

"너무 뚫어지게 보지 마."

그길로 우리는 곧장 나루세의 방으로 갔다.

"아오키 네가 내 방에 있다니, 뭔가 신기해."

나루세의 방은 전체적으로 화이트 톤을 띤 가구의 선택도 배치도 나무랄 데 없었고, 고상한 느낌이 났다. 고등학생치고는 지나치게 어른스럽게 느껴질 정도였다. 잡지에 실려 있을 법한 인테리어였다. 카스가 방하고는 하늘과 땅 차이라고 생각했다.

“아오키, 방금 나 말고 딴 생각 했지?”

핀잔을 주며 나루세가 내 볼을 꼬집었다.

“한 그했어(안 그랬어).” 나루세의 손가락 힘이 생각보다 세서 발음이 새고 말았다.

“아오키 넌 늘 그렇더라.”

나루세가 나직하게 한숨을 쉬며 대꾸했다.

“나랑 같이 있을 때면 항상 딴 생각을 해.”

그 말에 아니라고 반론할 기력이 솟아오르지 않아, 나는 왠지 가벼운 충격에 사로잡힌 채로 멍하니 나루세를 쳐다보기만 했다.

“지금은 내 생각만 해.”

나루세가 정면으로 빤히 응시하는 바람에 조금 긴장하고 말았다. 그래서 나는 시선을 피했다.

“이럴 때 어떻게 해야 되는지 잘 몰라서. 나루세 넌…… 어떻게 했어?”

그러자 나루세가 갑자기 얼굴을 붉히며 뒤로 물러나 내게서 거리를 두었다.

“그, 그게…… 하, 할래?”

“하다니?”

"했는데."

무슨 말인지 이해가 가지 않아 난감했지만, 그런 내 반응에 나루세는 답답해하는 눈치였다.

"뭘?"

"그러니까…… 모르겠어?"

나루세의 목소리가 약간 상기된 것처럼 들렸다.

뒤이어 나루세가 눈을 감았다.

그 순간 뒤늦게야 엇, 그런 뜻이었어? 하고 깨달았다. 어떡하지? 이게 이른바 마음의 준비가 안 됐다고 하는 건가 싶었다. 하지만 내가 보기에는 눈앞의 나루세 역시 나하고 마찬가지인 것처럼 비쳤다.

"갑자기 생각났는데, 이거 벌칙게임 아니지?"

"……뭐?"

"나루세 네가 뭔가 내기했다가 져서, 벌칙으로. 딴사람이 시켜서. 가짜로, 놀리려고, 이러고 있다든가……."

"말도 안 돼. 아오키, 설마 그런 짓 당한 적 있어?"

있어.

"없어."

"난 아오키 너한테 그런 짓 안 해."

나루세는 한숨을 쉬며 덧붙였다.

"난 밀당 같은 거 하기 싫어. 그런 건 이제 됐어."

「이제」라는 나루세의 말 속에서 옛 남자의 존재를 감지하고 나는 다소 긴장했다. 지나간 일로 질투하다니 한심한 짓이다. 하지만 이런 식으로 의미심장하게 슬쩍 정보를 흘리면 아무래도 신경 쓰이기 마련이다.

"난 뭐든지 솔직하게 말하고 싶어. 그러니까 아오키 너도 솔직하게 말해줘."

불가능해. 나는 생각했다.

있는 그대로의 나 따위 아무도 좋아해주지 않을 테니까.

그 믿음은 확신에 가까운 감정으로 내 안에 존재했다.

그 감정의 거칠거칠하고 소름 끼치는 감촉만을 믿을 수 있었다.

사람들은 거짓된 내 모습에 호감을 품고, 나루세가 좋아하는 것 역시 그쪽의 나라는 느낌이 들었다.

그렇게 생각하며 "난 뭐든지 솔직하게 말했어."라고 천연덕스럽게 거짓말을 했다.

"미안해, 내가 좀 짜증나게 굴었지?"

나루세가 시선을 피하며 살짝 고개를 숙였다.

"잠깐 앉아봐."

나루세의 말에 침대 끄트머리에 앉았다. 옆에는 나루세가 있어서, 자연스럽게 둘이 마주보는 자세가 되었다. 마치 어젯밤의 소야마와 카스가처럼.

"사실은 나 오늘 아오키한테 하고 싶은 이야기가 있어."

"그래? 뭔데?"

"지금까지 말 못했던 게 있거든."

나루세는 어쩐지 위축된 표정이었고, 내게도 그 마음의 동요가 전염되어 불안한 기분이 들기 시작했다.

"아오키 네가 날 싫어하게 될지도 모른다고 생각하니까 입이 떨어지지 않았어."

나루세가 내 손을 잡았다.

"그래도 사실대로 말하고 싶어서."

큰일 났다고 생각했다.

내가 껄끄럽게 여기는 패턴이었다.

만약 여기가 음속으로 비행 중인 제트기 안이었다면 나는 주저 없이 탈출 버튼을 눌렀으리라.

"저기, 옛날 애인에 관한 건데…… 아오키, 있었어?"

현실도피 겸 마음속으로 낙하산을 펼치고 공중에서 급강하하는 내 모습을 상상하고 말았다.

"난 여자 사귀어본 적 없어."

"응. 막연하게 짐작은 했어."

당연하다는 듯한 반응이 돌아오는 바람에 조금 좌절했지만, 티를 내지는 않았다.

"아오키는 연애경험 없을 것 같다고. 하지만 그 점이 좋다고나 할까?"

마음에 걸렸지만 일단 넘어가기로 했다.

"그래서 나루세, 네 전남친은 누군데?"

"아오키 너도 아는 애야."

"우리 반이야?"

"소야마."

최악이잖아! 나는 소리 없이 절규했다.

겉으로는 태연한 척했지만, 속으로는 최악최악최악최악최악최악최악최악최악최악이었다.

"……아, 맞다. 나 만화 봐야 돼."

"뭐?"

"저녁에 하는 만화 봐야 돼. 재방송. 항상 빼먹지 않고 챙겨보니까. 봐야지. 가급적 신속하게 봐야 돼. 그러니까 이만 가볼게. 안녕!"

그날 하루 중 가장 힘찬 기세로 벌떡 일어선 내 팔을 나루세가 덥석 붙잡았다.

"도망칠 때만 씩씩해지지 마!"

"……미안."

그래도 결국 나는 나루세의 방을 뛰쳐나가 도망쳤다.

소야마, 마리오, 오체분시, 시나리오, 오지랖. 랖……? 머릿속이 혼란스러운 나머지 엉겁결에 소야마로 시작하는 끝말잇기를 해버릴 만큼 내 심정은 복잡했다.

전남친이 소야마인 게 뭐가 잘못이란 말인가?

잘못은 없다. 아무런 잘못도 없다. 순전히 내가 나쁘다. 나도 안다. 이성적으로는 알고 있다. 그래도 미칠 것 같았다.

불현듯 지금까지 있었던 일이 떠올라서 정리해보았다.

6월의 오락실 사변. 소야마가 나루세를 데려왔던 그때, 두 사람은 사귀는 사이였단 말인가? 내가 설레는 마음으로 나루세와 이야기를 나누고는 했을 당시, 둘은 연인이었을까? 으아아. 소야마가 나루세를 데려온 이유는 뭐지? 으아아아. 내가 점심시간에 가끔 나루세를 만난다는 사실을 알고 견제할 목적으로 데려온 건가? 한마디로 내 여자한테 손대지 말라는 뜻이었나? 으아아아아아아!

나는 머리를 쥐어뜯었다.

나루세, 소야마하고 언제부터 언제까지 사귄 거야?

못 물어본다.

신경 쓰여 미치겠지만 물어봤다가는 속 좁은 인간으로 보일 테니까, 죽어도 절대로 백퍼센트 못 물어본다.

그럼 누구한테 물어보면 되는가.

소야마?

죽었다 깨도 무리다.

"아오키."

말 걸지 마.

"아오키, 미안한데 부탁이 있어."

소야마의 목소리가 들려와 돌아보았다.

그러고 보니 지금은 방과 후였다.

"뭐, 뭔데?"

등에 살짝 식은땀이 맺힌 채로 물었다.

"내가 지금 잠깐 볼일이 좀 있거든. 근데 내가 청소 당번이라서."

소야마는 너스레를 떨듯 두 손을 모으고 합장하는 시늉을 하며 웃었다.

"아오키, 좀 바꿔주면 안 될까?"

소야마의 얼굴을 빤히 응시했다.

나는 몰랐던 걸 저 녀석은 다 알고 이런저런 수작을 부렸다 이거지? 그렇게 생각하니 속이 뒤틀렸다. 보통 때의 나였더라면…… 아마 별말 없이 바꿔주었으리라.

"싫어."

말해놓고 아차 싶었다.

"네가 알아서 해, 소야마. 잘난 척하지마."

소야마는 한순간 어안이 벙벙한 표정을 지었지만, 이내 말벌처럼 공격적인 인상으로 변했다.

"너 지금 그거 누구한테 하는 소리야?"

위험하다. 머릿속에서 경계경보가 울렸다.

"……아무튼 난 못 바꿔줘."

더는 소야마를 자극하지 않도록 나는 서둘러 자리를 떴다.

잰걸음으로 도망치듯 복도를 걸으며 포인트가 안 보이니까 좀 이상해진 것 같다고 생각했다. 이런 식으로 주제넘은 행동을 하다가는 언젠가 큰 코 다칠 텐데.

지금의 내가 소야마에게 대들다니, 무모한 짓이다.

분위기를 파악하기가 힘들다.

더 냉정해질 필요가 있다. 학교생활은 그렇게 녹록하지 않다. 스스로를 타이르듯 그렇게 생각했지만, 포인트가 보이지 않으니 역시 어딘가 마음이 불편했다.

다만 그보다도, 그 무엇보다도 심각한 사태는 또 다른 날 일어났다.

그날은 비가 내렸다. 본격적인 게릴라성 호우였기에, 일기예보를 확인하고 우산을 챙겨오기를 잘했다고 생각하며 집으로 돌아가는 길이었다.

[카스가: 도와줘]

무시하고 휴대폰을 호주머니에 넣었지만, 그래도 진동은 멈추지 않았다. 결국 혀를 차고 다시 꺼내들었다.

[카스가: 우산이 없어]

나는 가급적 카스가와 마주치고 싶지 않았다. 포인트가 보이지 않게 된 후로 카스가를 피하고 싶은 마음이 되살아나, 만나기 싫었다.

내키지 않는 심정으로 학교로 되돌아가니 현관 앞에 카스가가 서 있었다.

자세히 보니 쫄딱 젖은 상태여서, 나는 그만 쓴웃음을 짓고 말았다.

"꼴이 왜 그래?"

"가방을 우산 삼아 뛰어가면 되지 않을까 싶어서 한번 도전해봤는데, 안 되더라고."

그야 당연하다. 그날 내린 비는 조금 황당할 정도로 요란한 폭우였기 때문이다.

"고마워."

안도한 기색으로 카스가가 말했다.

"아오키 네가 없었더라면 난 지금쯤 이 장대비에 녹아서 배수구로 빨려 들어가는 중이었을 거야."

"빨려 들어간 다음에는 어떻게 되는데?"

"위대한 바다의 일부가 됐겠지."

그리고 카스가는 안심한 기색으로 내 우산 속으로 들어와서 말했다.

"같이 집에 가자."

그리하여 우리는 나란히 하굣길을 걸었다.

"이렇게 단둘이 다녀도 돼?"

나는 물었다.

"응? 그게 왜?" 카스가가 의아한 기색으로 되물었다.

"그야……."

시시콜콜 설명하기가 귀찮아서, 나는 카스가를 가만히 응시했다.

카스가의 젖은 셔츠가 좁은 비닐우산 속에서 내게 닿았다가 떨어지기를 반복했다. 그 모습을 가만히 바라보았다.

그 순간, 내 안에서 이상한 감정이 솟아올랐다.

갑작스러웠다.

큰일이다.

들키고 싶지 않았다.

"저기, 카스가."

"응? 왜?"

"이 우산, 너 써라."

"뭐?"

깜짝 놀란 기색으로 나를 쳐다보는 카스가에게 우산을 쥐어주고, 나는 달렸다. 폭포 밑에서 수련이라도 하는 것처럼 흠뻑 젖어서.

이게 대체 뭐하는 짓인가 싶었다.

바보다, 난.

그 뒤로 자꾸만 교실에서 카스가의 모습을 눈으로 좇게 되었다.

안 된다고 생각하는데도 저절로 시선이 그쪽으로 향했다. 수업 시간에 카스가와 눈이 마주치는 횟수가 늘어났다. 카스가는 조금 쑥스러운 기색으로 웃었다. 나는 급히 눈길을 돌렸다. 그리고 창밖 풍경을 보며 마음을 가라앉혔다.

아무래도 나는 이래저래 상태가 좋지 않은 것 같았다.

이것도 다 포인트가 보이지 않게 된 탓이었다.

나중에는 두통마저 생겨, 몸 상태는 최악이었다.

수업이 끝난 후의 하굣길을 나루세와 이야기하며 걸었다.

"아오키, 요즘 계속 카스가 쪽을 보더라."

지적당하고 말았다.

"아니야." 나는 시치미를 뗐다.

"거짓말."

나루세는 조금 심통 난 기색으로 입을 삐죽 내밀었다. 그 모습은 역시 귀여웠다. 어디서부터 어디까지가 계산에서 나온 행동인지는 모르겠지만 말이다.

"나도 아오키 널 보고 있으니까 알아."

이번에는 진지한 얼굴로 나루세가 말했다.

"요즘 아오키, 진짜 이상해."

"미안…… 왠지 속이 메슥거려. 머리가 아파."

하굣길에 있는 버스 정류장 벤치에 웅크리고 앉자, 나루세가 "왜 그래?"라며 걱정스러운 듯 내 얼굴을 들여다보았다. "괜찮아. 조금만 쉬면 나아질 거야." 일단 그렇게 대답하고는 문득 궁금해져서 물었다.

"아까 내가 이상하다고 했지? 어떤 식으로 이상해?"

"컨디션도 그렇고 행동거지도 그렇고, 내가 아는 아오키가 아닌 것 같아. 불안정하다고 할까……."

"역시 그렇게 보여?"

"있잖아, 나한테 털어놔봐. 뭔가 걱정거리라든가 불안한 게 있어서 그러는 거잖아. 털어놓고 나면 편해질지도 몰라."

있기야 있고 이것저것 많지만, 하나같이 나루세 너한테 이야기할 만한 게 못 돼.

"됐어. 걱정 안 해도 돼."
"카스가 때문이야?"
나루세의 예쁜 얼굴이 그 순간 살짝 일그러져 보였다.
"왜 그렇게 카스가한테 신경 쓰는데?"
"둘이 친해 보였으니까. 오락실 갔을 때. 그리고……."
나루세는 잠시 머뭇거렸지만, 결국 입을 열었다.
"아오키, 카스가 좋아해?"
"뭐? 장난쳐?"
이런 상황에서 벗어나고 싶은데, 벗어날 수 없다.
"왜 그렇게 이상한 생각을 해? 이성 친구랑 좀 친하다고 해서 좋아하니 마니, 연애감정과는 별개잖아. 뭐든지 그런 프레임에 끼워 맞추는 거, 좀 무례한 짓 아냐?"
"무례한 사람은 너야. 아오키 너야말로 날 『이성 친구에게 질투하는 여자』라는 프레임에 끼워 맞추려고 하는 것뿐이잖아. 하지만 내가 보기에는 그런 게 아닌 것 같아."
"무슨 말인지 모르겠어."
"그러니까 아오키, 네 가장 큰 문제는 네가 카스가를 좋아한다는 자각이 없다는 거야. 아냐?"
"저기, 진짜로 무슨 소리인지 통 못 알아듣겠어. 내가 카스가를 좋아한다고? 그럴 리 없잖아. 왜냐면……."
왜냐면…… 뭐지? 그 뒷말이 입 밖으로 나오지 않았다. 막혀버린 배수구처럼 아무것도 흘러나오지 않게 되었다. 그러자 말문이

막히면서 덩달아 흐르지 못하게 되어버린 감정만이 무의미하게 넘쳐흘렀다.

"자꾸 그러는 거, 짜증 나."

겁먹은 듯한 나루세의 얼굴. 보고 싶지 않다.

"가끔은 아오키 널 잘 모르겠어."

나루세가 내게서 눈길을 돌리며 그렇게 말했다.

"내 전남친이 소야마라서 충격 받았어?"

"전혀 전혀 전혀 신경 안 쓰이걸랑요?"

"쓰이걸랑요? 뭐야? 말투가 이상해."

"안 이상하걸랑요?"

"아오키, 가끔 사기꾼처럼 보일 때가 있어."

가슴이 철렁했다.

"미안, 나루세."

나루세와의 관계가 이보다 더 진전되면 어떻게 될까?

생각해보았다. 이내 결론이 나왔다.

미움 받게 된다.

그것만큼은 확실하다는 생각이 들었다.

그렇다면 어떻게 해야 되지?

"날 좀 내버려둬."

"뭐?"

나루세는 웃었다. 분노와 초조함, 그리고 상당한 실망이 섞인 웃음으로 보였다.

"머리를 식히고 생각하고 싶어."
"마음대로 해."
나루세는 혼자 돌아갔다.
내가 나루세에게 이렇게 까칠하게 군 것은 처음이지 않나 싶었다. 하지만 어째서인지 하는 수 없다는 생각밖에 들지 않는 게 신기했다.

"……근데 아오키. 왜 우리 집에 오는 건데?"
어느새 옛날의 쓰레기장으로 원상 복귀한 카스가의 방에서, 나는 사방에 널린 잡동사니를 쓱 치우고 바닥에 앉았다.
"몰라."
"앞으로 만나지 말자고 한 사람은 아오키 너잖아."
"카스가 너도 나한테 라인 보내면서 뭘."
"하긴."
좌식 의자에 무릎을 끌어안고 앉아 있는 카스가의 실내복은 약간 노출이 심했다. 그 사실을 한번 의식해버리면 한없이 계속 신경 쓰일 것 같아 시선을 피했다.
"그나저나 뭐하러 왔어?"
카스가의 말에 속이야기를 하고 싶어서 왔다는 것을 떠올렸다. 하지만 그 이야기를 지금 당장 솔직하게 털어놓을 마음은 나지 않아, 우선 다른 화젯거리를 찾았다.
"카스가, 요즘 소야마하고는 어때?"

물어보았지만 카스가는 한동안 아무런 대답도 하지 않았다. 마치 뇌가 죽어버린 듯한 표정이었다. 그러다 한참 후에야 "그냥."이라고 바닥으로 시선을 떨구며 대꾸하더니, 어쩐지 불편한 침묵을 자아냈다. 그러다 보니 그 화제를 계속 밀고나갈 수도 없어, 나는 다시 입을 열었다.

"실은 요즘 나루세가 정말 날 좋아하는 게 맞나 하는 생각이 들어서."

"왜?"

"어쩌면 나루세는 포인트가 낮으니까 나를 좋아하는 게 아닐까 싶어서." 게다가 나는 어쩌면 포인트가 높으니까 나루세를 좋아했는지도 모른다. 양심이 찔려서 그 말까지는 하지 못했다.

"그게 무슨 소리야?"

"모르겠어?"

"모르겠어. ……이상해."

카스가는 갑자기 진지한 표정이 되어 말없이 나를 응시했다.

"그래서 요새 나루세를 피하는 중이야."

"그거, 다른 이유가 있지?"

"아니……."

부정하면서도 나는 그런가? 하고 고민했다.

"소야마 전여친, 나루세라며?"

"아는구나."

"들었어."

카스가는 돌연 정색을 하고 왠지 화난 기색으로 말했다.

"아오키, 딱 봐도 그것 때문이잖아."

"아니라니까."

"나루세 전남친이 소야마라는 게 충격이라 이야기하고 싶지 않지만, 이유가 그거면 스스로가 찌질하게 느껴지니까 나루세를 피하기 위한 다른 구실을 열심히 찾는 것뿐이잖아."

꼴사나워. 덧붙이듯 말한 카스가가 한숨을 쉬었다.

"뭣보다 포인트 따위, 그냥 아오키 네 허황된 망상에 불과해. 사람을 볼 때 그런 것에 연연하다니, 이상해."

"카스가 너도 잘생기고 머리 좋고 완벽하니까 소야마를 좋아하는 거 아냐? 그럼 네 사랑도 불순하기는 마찬가지잖아."

내 지적에 카스가가 한순간 움찔했다. 그 반응에도 아랑곳없이 나는 한층 더 위악적인 말을 내뱉었다.

"플라토닉한 사랑 따위 이 세상에 존재할 리 없어. 포인트가 보이냐 마느냐는 별로 중요하지 않아. 보이지 않아도 카스가 너 역시 알 거 아냐? 사람의 가치에는 세밀한 가격표가 붙어 있고, 누구나 항상 남을 감정해. 사람은 태어나는 그 순간부터 평등하지 않아. 사실은 누구나 가급적 손해를 보지 않으려고 해. 그게 다야."

"그럼 포인트가 같으면 누구든 상관없어? 예를 들어 아오키 넌 나랑 비슷한 포인트를 가진 사람이면 다 이런 식으로 이야기할 수 있냐고?"

내가 침묵하자 카스가는 말을 이었다.

"그야 사람이 사람을 좋아하게 될 때는 어느 정도 불순물도 섞여 들어갈지 몰라. 아니, 섞이겠지. 하지만 불순한 것 속에도 조금은 순수한 감정이 섞여 있다고 생각할 수는 없어?"

껄끄러운 침묵.

말없이 서로를 응시한다.

카스가가 먼저 입을 열었다.

"아오키, 넌 무서운 거야. 남에게 거절당하는 게."

당연히 무섭지. 누구나 무서울걸?

"하지만 나도 나름대로 사람들과 어울리려고……."

"더."

카스가의 입술이 달싹이는 것을 나는 멍하니 바라보았다.

"더 노력해."

나는 그게 정말로 옳은 일인지 도무지 판단이 서지 않았다.

밤중에 나루세를 공원으로 불러냈다. 자전거를 몰고 나루세네 집에서 가장 가까운 공원으로 갔다. 약간 취한 상태로.

"왜 불렀어……?"

조금 당혹스러운 기색으로 물으며 나루세가 내게로 다가왔다.

"이걸 보여주고 싶어서."

나는 눈을 질끈 감고 내 노트를 나루세 쪽으로 내밀었다.

"이거…… 아오키 네가 수업 시간에 늘 쓰는 그거 맞아?"

"이 안에 내가 생각하는 게 전부 적혀 있어."

난 지금 제정신일까? 아닌 것 같은 느낌이 들었다.

"읽어봐. 아무 때나 상관없으니까."

"왠지 보기가 무섭네."

긴장한 탓에 몸이 가늘게 떨렸다.

"그래도 고마워."

그 후 함께 벤치에 앉았다. 저녁에 가랑비가 내려서 벤치가 조금 축축했지만, 우리는 개의치 않고 나란히 앉았다.

나루세가 내 손을 잡았다.

떨림이 전해지고 말았다.

"아오키, 어지간히 무서웠나 봐."

위로하듯 나루세가 말했다. 나는 말없이 공원의 모래만 물끄러미 바라보았다.

"어쩌면……."

"응."

"그 노트를 보고 나면, 나루세, 내가 혐오스럽게 느껴질지도 몰라."

"그런 생각 안 해."

"틀림없이 날 싫어하게 될 거야."

"안 그래. 걱정 마."

그리고 나루세는 내가 진정될 때까지 계속 내 옆에서 말없이 벤치를 지켜주었다.

한밤의 조용한 공원에서 나는 어쩐지 처음으로 남에게 받아들여진 듯한 기분을 맛보았다.

[나루세: 노트 다 봤어]
[나루세: 미안해]
[나루세: 솔직하게 말해도 돼?]
[나루세: 좀]
[나루세: 혐오스러워]
[나루세: 남을]
[나루세: 이런 식으로 평가하다니]
[나루세: 쓰레기 같아]
[나루세: 나]
[나루세: 아오키 너랑은 안 될 것 같아]

이튿날 수업이 끝난 후에 교실에서 나루세 입으로 직접 들었다.
“굉장하더라.”
나루세는 진심으로 질려버린 것처럼 말했다.
“아오키, 넌 괴물이야.”
나루세의 말에 왠지 허를 찔린 기분이었다. 그런가?
“내가 여태까지 살면서 만난 사람 중에 가장 위험한 인간 아닌가 싶어. 도대체 무슨 생각을 하는 거야?”
입이 열 개라도 할 말이 없었다.
“그야 누구나 무의식적으로 그 비슷한 생각을 하긴 하겠지. 막연하게. 머릿속 한구석으로는 상대방의 가치를 가늠해볼 거야. 다 그래. 하지만 아오키 넌 그런 성향이 너무 극단적이야."

나루세의 지적에 나 역시 그런지도 모르겠다는 생각이 들기 시작했다.

"혹시나 해서 그러는데, 아오키, 이제는 나랑 대등해졌다고 생각하는 거 아니야?"

나루세가 화난 기색으로 물었다. 그리고 양팔로 자기 몸을 감싸 안는 자세를 취했다.

"난 못 견디겠어. 아오키, 넌 이상해."

뒤이어 나루세의 얼굴에서 감정이 깨끗이 사라지고, 아이스링크처럼 밋밋해졌다.

"이거."

그렇게 말하며 나루세가 책상 속에서 꺼낸 것은 내가 어제 준 노트였다.

"이거, 대체 뭐야?"

나루세가 노트를 펼쳐 내게 보여주었다.

전혀 예상하지 못했던 광경이 내 눈에 들어왔다.

"나루세의 포인트를 낮추는 방법이라니, 이게 뭐냐고?"

"그건…… 어…… 잠깐 마가 씌었다고나 할까……."

그때, 그런 한심한 생각을 했을 때, 분명 노트에 그런 글을 적어 넣기는 했었다. 지금은 그런 행동을 했다는 사실 자체를 후회하는 중이었다. 하지만 그때 나는 그 메모 전체를 지우개로 꼼꼼하게 지웠을 터였다.

그 내용이 모조리 까발려진 상태였다.

샤프로 검은 선을 겹겹이 그어 새까맣게 변한 그 페이지에는 내 글씨 자국이 선명하게 찍혀, 판독할 수 있는 수준이 되어 있었다.

"지웠는데……."

"부자연스럽게 지우개질을 한 흔적이 남아 있으면 누구나 신경 쓰이기 마련이잖아."

"어……."

지금 여기서 무릎 꿇고 사과해야 하나? 사람이 살면서 무릎을 꿇어야 마땅한 순간이라는 게 존재한다면 바로 지금이 아닐까 하는 생각이 들었다. 그래도…… 하고 망설이는 사이, 눈앞의 나루세가 단호한 목소리로 말했다.

"미안, 아오키. 네가 좀 혐오스러워."

아아, 내가 또 나루세를 상처 입혔구나 하는 생각이 들었다.

어째서 이렇게 꼬이기만 하는 걸까?

"미안해, 아오키."

이건 못 받아들이겠어. 나루세는 말했다.

또 실패했다.

그런 느낌이 들었다.

이게 몇 번째 실패일까?

"난 이제 가볼게."

나루세가 자리를 뜨려고 한 순간.

"어라? 코코아, 왜 울어?"

교실 뒤쪽에서 누군가의 목소리가 끼어들었다.

돌아보니 그곳에는 소야마가 있었다.

"네가 왜 여기 있어? 최악이야."

"어라, 아오키잖아? 네가 코코아를 울렸어? 에잇, 펀치다 펀치. 악은 멸망하는 법!" 그렇게 말하며 소야마가 나를 걷어찼다.

나는 힘없이 그 발길질을 감수했다.

"그보다 남 앞에서 코코아라고 부르지 마."

남 앞에서. 복잡한 심경이었다.

"그나저나 그 노트는 뭐야?"

"소야마 너랑은 상관없잖아."

나루세가 후다닥 노트를 감추려 했다. "보여줘." 하고 소야마가 나루세 쪽으로 손을 뻗었다.

"한마디만 해도 될까?"

내 말에 실랑이가 뚝 그치더니, 두 사람이 어이없다는 표정으로 이쪽을 돌아보았다.

"뭐야, 아오키. 시끄러, 펀치."

"펀치는 손으로 하는 거야. 발로 하는 건 킥. 소야마 네가 한 건 킥이라고."

한방 먹였다는 의문의 성취감에 휩싸인 사람은 당연히 나뿐이었고, 다른 두 사람은 진심으로 어안이 벙벙한 기색이었다.

"그럼 난 간다."

뭐가 어찌되든 알 바 아니라는 심정으로 나는 곧장 교실을 나섰다.

나루세와 소야마가 이야기하는 모습을 더는 보고 싶지 않았기 때문이다.

나루세가 잠깐만, 하고 붙잡아주지 않을까 아주 조금 기대했지만, 아무도 말을 걸지 않았다. 나는 터덜터덜 집으로 돌아갔다.

한참을 망설였지만, 결국 결정을 내렸다.

여태까지 파우치에 담아서 들고 다녔던 약 뭉치를 전부 변기에 넣고 물을 내렸다. 이제 먹지 않겠다고 결심했다.

그렇게 며칠이 흘러 병원에 가야 할 날이 왔지만, 나는 처음으로 진료를 빼먹었다.

어느 날 학교에서 돌아오니 병원 선생님이 집에 있었다.

수건으로 땀을 훔치며 거실에 느긋하게 앉아 있었다.

구역질이 났다.

그러고 보니 아버지는 어제부터 출장으로 집에 없었다.

"왜 병원에 안 오니?"

선생님은 내 눈을 보는 대신 TV를 보며 물었다.

"포인트가 안 보이면 인생이 엉망진창이 될 거 같아서요."

"분명히 말해두는데, 그건 환각이야. 바로 그 포인트가 보이지 않도록 너를 치료하는 게 내 역할이라고."

내가 침묵을 지키자, 선생님은 말을 이었다.

"나오토 군은 아마 세상의 가치관을 자기 안에 인스톨하려고 필사적인 걸 거야. 그렇게까지 필사적이 될 필요 없는데."

잘난 척 나불대지 마.

"전 낫기 싫어요."

"그게 무슨 소리야?"

선생님은 당황한 것처럼 보였다.

"그냥 미친 채로 살고 싶어요."

나는 딱 부러지는 목소리로 대답했다.

"전 제 감정에 솔직해지기 싫어요."

선생님은 난처한 기색으로 웃음소리를 냈다. 생떼를 부리는 어린아이를 보는 것 같은, 가증스러운 웃음이었다.

제7화

¥+

약 복용을 중단하면 원래 상태로 돌아갈 줄 알았으나 그 예상은 완전히 빗나갔고, 포인트는 여전히 보이지 않았다.

설상가상으로 두통마저 심해졌다. 독단적인 판단으로 대뜸 약을 끊었기 때문일까?

넌덜머리를 내며 등교했다. 학교로 이어지는 길을 걸었다.

교문이 가까워질수록 학생 수도 늘어났다. 다들 용케 이러고 사는구나 싶었다. 정해진 시간에 일어나서 의미가 있는지조차도 알기 힘든 수업을 듣는다. 어른이 되면 학교가 회사로 바뀔 뿐 똑같은 일을 죽을 때까지 되풀이해야만 한다. 어떻게 이런 짓을 계속할 수가 있지? 나 역시 그러고 살면서도 이따금 의아해지고는 했다.

그때 느닷없이 그 현상이 나타났다.

e, @-, %), /,, m#

등골이 오싹했다.

오류가 난 것처럼 엉망으로 깨진 글자들이 사방에 난무했다. 수많은 학생들의 머리 위에 둥둥 떠 있었다.

여태까지는 포인트가 보였던 자리에 괴상한 글자들이 대신 떠

다녔다.

뭐지?

이건 포인트가 나타날 전조증상이고 머지않아 시야가 옛날처럼 돌아오려나? 처음에는 그렇게 긍정적으로 해석했지만, 아무리 시간이 흘러도 숫자는 원상태로 돌아오지 않았다.

포인트는 여전히 깨진 채였다.

“안녕, 아오키.”

r}이 인사를 건넸다. $3가 “졸린 거 같은데?”라고 하자, ã ュ가 “오늘 체육 축구래.”, +#가 “파이팅 해야지.”라고 했다.

무서웠다.

숫자 자체도 으스스했지만, 그보다도 내가 마침내 본격적으로 미쳐가는 것처럼 느껴져서 무서웠다.

잡담을 실없는 농담으로 맞받아칠 여유도 없었다.

어쩌다 이런 꼴이 된 거지?

이렇게 되니 사람들과 대화하는 것조차도 고역스러웠다.

내 머리가 돌거나 말거나 평범하게 이어지는 게 일상이라는 세계의 잔인함으로, 내가 가벼운 공황상태에 빠져 있는 동안에도 당연하다는 듯 수업은 진행되어갔다.

조퇴할까 고민하는 사이 4교시가 끝나고 점심시간이 되었다. 기왕 여기까지 버텼으니 오늘은 기합으로 이겨내 보자는 생각이 들었다.

하지만 숨쉬기가 힘들었다. 나는 비틀거리며 일어나서 교실을 나섰다. 사람이 문제였다. 기묘하게 깨진 숫자를 보기만 해도 속이 울렁거렸다.

그냥 포인트가 깨져 보일 뿐이야. 신경 쓰지 마. 속으로 그렇게나 자신을 다독였다. 그러나 현기증이 심했다.

화장실에 가서 웩웩 게워냈다.

갈증이 났다.

물이 마시고 싶었다.

정신이 몽롱했다.

기어가다시피 복도에 있는 음수대로 이동해서 입을 헹구고 물을 마셨다.

이런 식으로 버텨낼 수 있을까?

모르겠다. 불가능할지도 모른다.

카스가는 어디 있는 거지?

"불렀어?"

난데없이 들려온 목소리에 깜짝 놀라 고개를 들자, 바로 옆에 카스가가 있었다.

"방금 불렀잖아, 내 이름."

속마음이 육성으로 새어나간 거라면 그것도 어떤 의미로는 문제라는 생각이 들었다.

"아오키, 왠지 괴로워 보여."

내 얼굴을 보고 카스가가 걱정스러운 기색으로 말했다.

하지만 그런 카스가의 포인트 역시 =이었다.
“괜찮아. 그냥 내버려둬.”
“보건실에 가자.”
하지만 보건실에도 사람은 있다.
“싫어.”
“뭐야, 대체 무슨 일인데 그래?”
“뭔가에 비유하자면 대인공포증의 업그레이드 버전?”
“그렇다고 이렇게 된단 말이야?”
“모르겠어.”
머리가 아프다.
차라리 정신이 나가버리면 좋으련만.
토할 것 같다.
“그래, 알았어. 아오키 네가 원하는 대로 해. 내가 같이 있어줄 테니까. 어떻게 하고 싶어?”
카스가가 나를 부축하며 그렇게 물었다.
“어디든 상관없어. 사람이 없는 데로 가고 싶어.”
“으음, 그러면…….”
카스가는 나를 시청각실로 데려갔다.
안으로 들어갔다. 아무도 없었다. 살 것 같았다.
창가 벽에 등을 기대고 바닥에 털썩 주저앉았다.
“여기라면 아무도 안 올 거야.”
하기는 그렇다. 평소에도 아무도 얼씬거리지 않는 곳이니까.

숨을 골랐다. 냉정을 되찾고 싶었다.

교실로 돌아갈 수 있을까?

"어디 아픈 데 있어?"

고개를 저었다.

그리고 그대로 눈을 감았다. 조용했다. 처음부터 이렇게 할 것을 그랬다. 견디기 어려울 때는 눈을 감으면 된다. 간단하지 않은가. 일단 해결책이 떠오르자 마음이 편해졌다.

그렇게 가만히 앉아 있는 사이, 점심시간이 끝났음을 알리는 종이 쳤다.

"수업 들으러 가야지."

일어서려고 하자, 카스가가 내 손을 잡아당겨 도로 앉혔다.

"됐어. 한동안 여기 있자."

카스가는 계속 내 손을 잡고 있었다.

반대 방향으로 몸을 돌린 채 손만 이쪽으로 뻗어서.

그렇게 둘이 손을 맞잡은 채 시간을 보냈다.

"뭐 필요한 거 있으면 이야기해. 물 사올까?"

"아니, 됐어."

사실은 다시 목이 말랐지만, 나는 카스가의 제안을 거절했다.

한동안 둘이서 멍하니 앉아 있었다.

이상하게 충만한 기분이었다.

자유로운 손으로 눈두덩을 누르며, 나는 카스가에게 물었다.

"그날, 왜 키스했어?"

카스가의 목소리에 당황한 기색이 섞였다.

"그걸 왜 지금 물어보는데?"

지금 이 순간이 지나가면 영원히 물어보지 못할 것 같은 기분이 들었으니까.

잠시 뜸을 들이던 카스가가 나직하게 대답했다.

"하고 싶었으니까."

"하고 싶어지면 해도 되나 보지?"

나는 무너지듯 카스가에게 몸을 기댔다. 무릎에 머리를 얹고 그 얼굴을 올려다보았다.

"안 돼."

카스가가 생각보다 차가운 목소리로 대꾸하는 바람에 나는 입을 다물었다. 그때.

"너희들, 뭐하는 거냐?"

걸걸한 음성과 함께 시청각실 문이 열리며 체육 선생님이 모습을 드러냈다.

당연한 일이지만 결국 그 후 우리는 호되게 야단을 맞았다. 그것으로 끝났으면 좋았으련만, 카스가와 내가 수업을 빼먹고 시청각실에서 노닥거리다가 걸렸다는 소문은 눈 깜짝할 사이에 학교 전체로 퍼져나갔다.

"미안."

수업이 끝나고 함께 집으로 가는 길에 나는 카스가에게 사과했다.

[나루세: 아오키, 사실은 역시 카스가를 좋아하는 거야?]

[나: 그럴 리 없잖아]

나루세의 라인 메시지에 답장을 보내며 카스가와 대화를 이어갔다.

"좀 나아졌어?"

"응."

"그렇다면 다행이고. 대체 뭐였던 거야?"

그 이유를 설명하려면 먼저 카스가가 포인트 이야기를 믿어주어야 하는데, 아무래도 힘들 것 같았다. 게다가 뭐였냐고 하기에는 끝난 게 아니라 여전히 그 상태인 데다, 뭔지는 나 역시 지금도 잘 모른다. 카스가의 포인트만 해도 변함없이 =인 채였다. 거리를 오가는 사람들의 포인트도 h:나 ¥'처럼 깨져 보여서, 나는 가급적 그 기호들을 직시하지 않도록 의식적으로 시선을 라인 화면에 고정했다.

[나루세: 그럼 나한테 시위하는 거야?]

[나: 뭐가?]

[나루세: 그렇잖아]

[못 보냄: 빨리 날 싫어해줘]

"익숙해지면 괜찮을 거야. 아마도." 정확히는 그렇게 믿고 싶었다.

다만 그 상황에서 선생님한테 들킨 것은 골치 아팠다. 방과 후에는 교실에 소문이 무성했다. "아오키랑 카스가, 역시 그렇고 그런 사이래." "하긴 전부터 수상했지." "시청각실에서 스킨십 했다던데?" "뭐야, 야해." 최악이었다.

"카스가 넌 소야마랑 사귀는데. 미안."

"엥?"

카스가가 괴상한 소리를 내며 깜짝 놀란 얼굴을 했다.

"나 소야마랑 안 사귀는데?"

혼란스러웠다.

"너희들, 키스했잖아?"

"봤어?"

카스가는 당황한 표정을 지었다.

"언제 어디서 봤어?"

그날 밤 공원에서. 말 못한다. 보자마자 도망쳤으니까.

그보다 그런 질문을 할 만큼 때와 장소를 가리지 않고 해댄 거냐 싶었다.

"있잖아, 소야마한테 피해 주기 싫으니까 분명하게 말할게."

"뭘?"

"우리 진짜 사귀는 사이 아니야. 그걸로 사귄다고 하면 거짓말하는 셈인걸?"

"그럼 사귀지도 않으면서 그런…… 걸 한단 말이야?"

"하기도 하잖아."

그렇게 대꾸하는 카스가의 얼굴은 어딘가 토라진 것처럼 보였다. 얘가 원래 이런 애였던가? 나는 카스가를 이해하기가 점점 더 어려워졌다.

"내 입장에서는 도무지 영문을 모르겠어서 무서운데. 너희들 도대체 무슨 관계야?"

"키…… 키스 파트너?"

"뭐?"

나는 짜증이 나서 근처에 있는 전봇대를 퍽 걷어찼다. 말이 마음을 따라잡지 못해, 감정만을 물건에 대고 폭발시키고 말았다.

"개인적으로는 차례를 기다리는 중이랄까……?"

머릿속에서 상상이 뭉게뭉게 퍼져나갔다. 소야마 앞에 여자들이 쫙 줄지어 서 있고, 그 줄 맨 끝에는 신형 플레이스테이션이라도 사려는 것처럼 얌전히 줄을 서서 자기 차례가 오기를 기다리는 카스가가 있다. 하지만 보아하니 당분간 카스가 차례는 돌아오지 않을 눈치였다.

"소야마가 먼저 말을 꺼낸 거야? 키스 파트너가 돼 달라고?"

"아니, 내가."

"카스가 네가? 난 보고 연락 상담 아무것도 못 받았거든?"

"정신 나갔어? 그런 걸 왜 일일이 아오키 너한테 말해야 돼?"

카스가는 못마땅한 말투로 쏘아붙였고, 나도 왜 꼭 말해야만 하는지 논리적인 근거는 대지 못했다. 사실 그딴 건 있지도 않을 테고 말이다.

"소야마, 섹파라면 몇 명 있어도 상관없대."

"섹파가 뭔데?"

발음이 안 좋은 탓인지 아니면 예상을 벗어난 단어가 불쑥 튀어

나온 탓인지, 나는 카스가가 하려는 말을 바로 알아듣지 못해 당황했다.

"왜 있잖아, 섹스 파트너."

"아, 그거? 세간에 소문이 자자한 그……."

마침내 그 의미를 이해하고 나는 안도의 한숨을 쉬었다. 그리고 이내 기겁했다.

"저기, 그건…… 육체관계는 맺지만, 세, 세, 섹스는 하지만, 우리들 저희들 연인은 아닙니다, 라는…… 소문으로만 듣던 바로 그 섹파를 말하는 거야?"

"그, 그거 말고 뭐가 있어?"

"색, 그러니까 색칠공부를 같이 하는 파트너라든가……."

"색칠공부라니, 그런 이야기는 들어본 적도 없어."

"이, 있을지도 모르잖아. 어쩌면."

"없어."

주거니 받거니 이야기를 나누는 사이, 나는 점점 성질이 나기 시작했다.

"그거, 뭔가 여러 가지로 이상하지 않아?"

"나 아직 거기까지는 마음의 준비가 안 돼서. 연애 경험도 없고. 그래서 진도는 천천히 나가줬으면 좋겠다고 했어."

"뭐? 그 말은 카스가 너도 최종적으로는 섹파를 목표로 한다는 거야?"

"자, 잘은 모르지만 그런 셈이려나?"

"미쳤어? 키스 파트너에서 스킨십 파트너를 거쳐 장기적으로는 섹스 파트너가 될 작정이란 말이야? 그게 뭐야? 카스가 네가 무슨 변신소녀인 줄 알아?"

"모, 모르겠어. 그냥 흐름상……?"

"게다가 처녀면서 섹파가 되겠다고?! 처녀면서 섹파가 되겠다고 하는 카스가 너도 문제지만, 처녀를 섹파로 삼으려 드는 소야마도 문제잖아!!"

소리치다 보니 점점 더 분노 게이지가 상승했다.

"열 받아."

그러면 어디 사는 누구에게 이 분노를 풀어야 하는가?

"카스가, 소야마 전화번호 좀 알려줘."

"왜?"

"전화하려고. 난 라인 아이디밖에 모르거든. 얼른."

"싫어, 하지 마. 어차피 또 이상한 소리나 할 거잖아."

"이상한 건 너희들이거든?"

내키지 않는 눈치인 카스가에게서 막무가내로 전화번호를 알아낸 후, 홧김에 내 휴대폰으로 소야마에게 전화를 걸었다. 받지 않았다. 열 받아서 미친 듯이 걸었다. 그러자 마침내 전화가 연결되었다.

"……누구야?"

소야마가 미심쩍은 기색으로 물었다.

"아오키인데요."

저도 모르게 존댓말을 써버리고 말았다. 동갑인데. 난 왜 이 모양이지? 전화를 걸기 전에만 해도 들끓어 오르던 분노의 에너지가 소야마의 목소리를 들은 순간 급속히 사그라졌다. 순식간에 현실로 되돌아오고 말았다. 평소의 비굴한 태도가 되살아나려고 했다.

"아, 그래그래. 알다마다, 아오키."

대놓고 깔보는 티가 역력한 목소리였다.

"왜 전화했어? 나 지금 바쁜데."

"……긴히 할 이야기가 있어서."

"뭐? 안 들려."

"그게, 내가 좀 할 말이 있어서."

"소리가 멀게 들려. 더 크게 말해봐."

"내가! 너한테! 할 말이 있다고!"

악을 쓰다시피 소리치자, 소야마가 피식 웃으며 대꾸했다.

"미안, 통화 상태가 안 좋아서 끊을게."

"야!"

"농담이야. 진지하게 굴지 말라고. 처음부터 잘 들렸어. 근데 우리 사이에 뭔가 할 말이 있었던가? 딱히 없잖아?"

"카스가 일이야."

"카스가? ……맞다, 너희들 친하지? 오늘만 해도 그렇고. 아하, 그렇구나."

재미난 장난을 떠올린 어린애 같은 목소리로 소야마가 불쑥 내뱉었다.

“아오키, 너 카스가 좋아하지?”
“그런 문제가 아니야.”
“난 딱히 상관없어. 아오키 네가 카스가하고 사귀어도. 아, 잠깐만.”
그리고 소야마는 옆에 있는 누군가를 향해 이야기하기 시작했다.
“……하지 말라니까. 지금 통화 중이잖아. 그 왜 아오키라고 있잖아. 기억 안 나? 그래, 뭔가 있잖아. 뭔가 있지. 아니, 중요한 이야기는 전혀 아닌데…….”
“야.”
“응?”
“너 맨날 여유로운 척 실실대는 거 짜증나. 죽어버려.”
할 말을 했다는 통쾌함과 사고 쳤다는 후회가 커피우유처럼 어지러이 뒤섞여, 내 마음속에서 어중간한 느낌으로 변했다.
“뭐? 너 지금 시비 거냐?”
“어? 응.”
반사적으로 얼빠진 목소리가 흘러나오는 바람에 조바심이 났다.
“맞는데. 직접 만나서 이야기할 수 있을까?”
“그럼 올래? 우리 집. 친구들하고, 또…… 여자도 있는데, 괜찮지?”
“알았어. 주소만 알려줘. 라인으로 보내주면 돼.”
소야마로부터 알았다는 대답이 돌아와, 전화를 끊으려고 했을 때였다.

"각오 단단히 해둬."

소야마가 음산한 목소리로 말했다.

"그리고 아오키. 전부터 느꼈던 건데, 너 말투 가끔 재수 없거든? 조심해라."

"그러마."

내가 맞장구를 치자, 혀 차는 소리와 동시에 전화가 끊겼다.

"아오키, 진짜 뭐하려고 그래?"

카스가가 골치 아프다는 표정으로 나를 보았다.

"곤란해. 이상한 폭주는 안 했으면 좋겠어. 가지 마!"

그렇게 말하며 카스가가 내 팔을 붙들었다.

"하지만 이렇게 전화해놓고 안 가면 그것도 꼴사납잖아."

"아오키 넌 좀 꼴사나워도 돼."

그 반응에 상처 입었지만, 나는 카스가의 손을 뿌리쳤다.

"가서 어쩌게?"

"한 대 패주려고. 내가 바로 효도르다!"

나는 허공을 향해 쉭쉭 펀치를 날렸다.

"그만두라니까. 소야마, 싸움 잘할 것 같아. 아오키 너 같은 애송이는 한주먹감일걸?"

"걱정 마. 인터넷으로 사람을 효과적으로 때리는 법을 찾아서 공부해갈 테니까."

"그런다고 이길 거 같아……?"

카스가가 어처구니없다는 표정으로 나를 보았다.

"알았어. 도망칠게. 한 방 먹이고 나면 냅다 튈게."

내 말에 카스가는 징글징글하다는 듯 한숨을 쉬었다.

"왜 폭력으로 해결하려 드는데? 굳이 안 그래도 당사자인 내가 납득했으니까 문제없잖아."

"문제 있어."

"무슨 문제?"

모르지만, 아무튼 싫어.

"아오키, 나 무서워."

카스가는 그저 단순히 걱정스러운 기색으로 나를 응시했다.

"그런 얼굴 하지 마. 괜찮으니까."

나는 다시 카스가를 마주보았다. 계속 이야기했다가는 뭔가 더 지리멸렬한 소리를 해버릴 것 같아, 나는 발길을 돌려 소야마네 집으로 향했다.

]=

사람을 효과적으로 때리는 방법. 주먹을 꽉 쥔다. 엄지를 감싸 쥐는 느낌으로. 팔을 쭉 펴는 거리감으로. 끝까지 관통하듯이.

휴대폰으로 인터넷을 검색하며 소야마네 집으로 향했다.

목적지인 소야마네 집 앞에 이르러 라인으로 도착했다는 사실을 알렸다.

[소야마: 들어오지 그래? 문은 안 잠겨 있으니까. 2층 내 방으로 와.]

여기까지 온 이상 물러설 수는 없었다.

현관을 통해 안으로 들어갔다.

어두컴컴한 집 안에는 인기척이 없었다. 식구들이 마중 나오는 기미도 보이지 않았다. 나는 신발을 벗고 실내로 들어섰다.

불 꺼진 계단을 올라가자 2층이 나왔다. 문이 열려 빛이 새어나오는 방이 딱 하나 있었고, "들어와."라고 말하는 목소리가 들렸다.

안으로 들어갔다.

소야마가 싱글베드 프레임에 몸을 기대고 앉아 있었다.

다섯 평은 거뜬히 넘어 보이는 방이었다. 안에는 소야마 말고도 남자가 세 명, 여자가 한 명 있었다. 포인트는 여전히 깨져 보여서 알 수 없었다. 하지만 하나같이 나보다는 높아 보였다. 그래서 살짝 움츠러들고 말았다.

나를 포함해서 총 여섯 명. 방이 아무리 넓어도 인원이 인원이라 압박감이 느껴졌다.

"좋아. 할 말이라는 게 뭔데? 아오키."

담배연기가 가득 차서 매캐했다. 그 점은 제쳐두더라도 하나같이 불량스러운 인상을 풍겨서 무서웠다.

"일단 앉지 그래?"

여자가 조롱하듯 웃으며 내게 말했다. 시키는 대로 앉았다. 방 한가운데 말고는 앉을 자리가 없었던 탓에 소야마 패거리에게 빙 둘러싸이는 형태가 되었다. 그야말로 중세의 재판이 따로 없었다.

"무릎은 왜 꿇는데?"]f가 말했다.

"재밌네." j&가 그렇게 말하며 낄낄 웃었다.

나는 자리에서 일어나 호주머니에서 커터 칼을 뽑아들었다. 모두의 눈이 경악으로 휘둥그레졌지만, 나는 거침없이 소야마의 미간에 커터를 쑤셔 박았다. "크악!" 피가 분수처럼 솟구쳤고, 소야마는 비명을 내지르며 뒤로 나동그라졌다. 그리고 나는 남은 사람들을 한 명도 빠짐없이 커터로 찔렀다.

……한창 상상의 나래를 펼치던 도중에 "야, 너 내 말 안 들려?" 라는 r?의 목소리가 들려와, 나는 다시 현실로 돌아왔다.

"미안하지만 다들 돌아가 주지 않을래? 가능하면 소야마하고 둘이서 이야기하고 싶거든."

내 말에 방 안은 순식간에 웃음바다로 변했다. 진지한 표정을 한 사람은 나뿐이었다.

"카스가에 관해서는 다들 알고 있으니까 안심해."

소야마가 싱긋 웃으면서 잔인한 소리를 했다.

"아, 그래……?"

소야마에게 카스가는 정말 장난감일 뿐이구나 싶었다. 어쩌면 그럴 권리가 있는지도 모른다. 포인트가 높으면 낮은 인간을 마음대로 다뤄도 되는 권리가 생기는지도 모른다.

방 한쪽 구석에 세워놓은 일렉트릭 기타가 눈에 들어왔다. 자세히 보니 텔레캐스터(Telecaster)였다. 싫어하는 녀석이 나하고 취향이 같다니, 복잡한 기분이 들었다.

"카스가하고 진지하게 사귀어. 지금 여친하고는 헤어지고."

"네가 뭔데 참견이야?"]f가 말했다.

"확인 차원에서 묻겠는데……."

소야마가 일어서서 나를 내려다보았다.

"아오키 너하고는 상관없는 일 아냐? 당사자 간의 자유로운 연애와 감정이니까."

"그야 그렇지만……."

"난 근본적으로 여자를 믿지 않아. 왜냐하면 여자는 금방 배신하거든. 그것들은 쓰레기니까. 연인으로 여길 만한 대상이 못 돼. 난 여자라면 딱 질색이야. 섹스는 좋아하지만 여자한테는 관심 없어. 이야기하면서 즐겁다고 생각해본 적이라고는 단 한 번도 없다니까? 존경이라든가 신뢰감을 느껴본 적도 없어. 노골적이지만 이게 내 본심이야. 솔직히 말해도 돼? 여자랑 이야기하는 건 그냥 하기 위한 수단에 불과해. 난 단지 특정인하고 사귀어봤자 이득이 없으니까 아무하고도 안 사귀는 것뿐이라고."

"하지만 카스가는 아마 첫사랑일 거야."

"그게 뭐 어쨌다고? 나랑은 상관없는 일이잖아."

"상관없지는 않지." 그렇게 반박해 보았지만, 내 항변은 소야마의 마음을 움직이지 못했다.

"나 처녀하고도 한 번 해보고 싶었거든. 인생살이, 뭐든 다 경험이잖아?"

맥이 빠졌지만, 그래도 어떻게든 반론하려고 입을 열었다.

"하지만 카스가는 순수해. 너나 나하고는 다르게. 그러니까 건드리지 마."

"이 세상에 순수한 인간이 어디 있어?"

소야마는 지긋지긋하다는 듯 내 얼굴에 대고 담배 연기를 내뿜었다.

"있다면 단순히 자기가 순수하다고 착각하는 인간뿐이겠지. 누구든 자기는 괜찮은 사람이라고 믿고 싶어 하니까. 안 그래?"

인간이란 한 꺼풀만 벗기면 다들 이토록 이기적인 걸까?

"그러지 말고 돈을 줘. 그럼 카스가한테서 손 뗄 테니까."

소야마의 말에 나를 제외한 모두가 킬킬 웃었다.

"뭐?"

"10만 엔이면 돼. 내가 아무런 대가 없이 아오키 네 부탁을 들어줘야 할 이유가 없잖아. 안 그래?"

"그런 큰돈이 어딨어?"

"당장 달란 말은 아냐. 어떻게든 마련할 수 있을 거 아냐? 돈만 주면 그 시점부터 카스가를 무시해줄게."

기가 막힌 나머지 더는 입이 떨어지지 않았다. 무슨 소리를 하던 소야마를 설득하기는 불가능해 보였다.

"그럼 아오키, 이제 가보지 그래? 돈 생기면 연락하고."

나는 힘없이 비척비척 일어나서 멍하니 소야마를 보았다.

"네가 그렇게 잘났어?"

"딱히 잘난 건 아니야."

소야마는 웃었다.

"그저 너희처럼 한심하기 그지없는 족속들이 어떻게 계속 살아갈 수 있는지 진심으로 궁금할 뿐이지. 나 같으면 비참함에 못 이겨 자살했을걸?"

이 자식, 죽어버렸으면 좋겠다. 그렇게 생각하면서도 나는 소야마에게 아무런 대꾸도 하지 못했다.

무력하니까.

?;

이튿날 아침, 학교에 가니 내 노트가 칠판에 붙어 있는 광경이 눈에 들어왔다.

키득키득 웃는 소리가 들려왔다.

당했구나. 나는 곧바로 깨달았다.

내 노트가 왜 저기 있는 거지?

뼈아픈 실수였지만, 이미 엎질러진 물이었다.

"야."

누군가 말을 걸어왔다.

"너 날 48점이라고 생각했구나? 못생긴 주제에 눈치도 없는 바보라고."

"그래." 나는 자포자기한 심정으로 그렇게 대꾸하고 내 자리로 갔다.

축축한 걸레 여러 장이 책상 위를 덮고 있어서 치우고 앉았다. 쉰내가 났다. 그래도 참았다.

“저 자식, 전부터 뭔가 이상하다 싶었어.”라고 이죽대는 소리가 귀에 들어왔다. 일일이 신경 쓰면 못 견딘다.

“맨날 거울만 들여다봤었지.” “자뻑남.” “재수 없어.”

휴대폰이 진동했다. 확인해보니 학급 단체 채팅방에서 내가 강퇴당했다는 메시지였다. 어차피 성가시다고 생각하던 참이었다. 어찌되든 상관없다.

다른 애들이 일제히 휴대폰으로 시선을 떨구었다. 잠시 후 교실에 웃음소리가 메아리쳤다. 내 뒷담이라도 올라온 거겠지.

아아, 마침내 시작됐구나.

오랜만에 맛보는 지독하게 비참하고 끔찍한 기분이었다.

이래서는 안 된다. 동요해버리고 말았다. 마음을 가라앉혀야 한다. 나는 눈을 감고 심호흡을 했다.

그 순간 농구공이 날아와 내 머리를 강타했다.

돌아보니 소야마가 실실 웃으며 나를 보고 있었다. 나를 맞추고 튕겨나간 공은 교실 바닥에 바운드되어 정확하게 소야마 쪽으로 되돌아갔다.

“쏘리.”

소야마가 이죽거렸다.

“조심하라고.”

나는 힘없이 웃었다.

또다시 농구공이 머리를 때렸다.

"미안, 아오킨."

그리운 별명이었다. 아오키 균(菌, 킨)을 줄여서 아오킨. 일설에 따르면 탄저균보다 살상력이 강하며 닿기만 해도 즉사해서 좀비로 변한다고 한다. 누구한테 들었을까? 하긴 중학교 동창들 중에도 우리 학교에 다니는 녀석이 있으니, 소야마가 그중 누군가에게서 알아냈겠지.

나루세는 거북한 기색으로 고개를 떨군 채였다. 하지만 나는 나루세에게는 별 감정이 없었다.

카스가가 교실로 들어왔다.

보여주고 싶지 않았다. 카스가에게는. 괜히 상처 입을 테니까.

카스가는 한순간 영문을 모르겠다는 표정을 지었지만, 칠판에 붙여놓은 노트를 보자마자 대강 사정을 파악했는지 뭐라고 설명하기 힘든 걱정스럽고 안쓰러운 눈빛으로 나를 보았다. 그런 얼굴 하지 마.

"다들 이상해."

카스가는 떨리는 목소리로 몹시 진지하게 말했다.

"왜 이런 짓을 하는 거야?"

아아.

카스가의 포인트가 떨어진다.

지금은 안 보이지만, 내 눈에는 그 광경이 생생하게 보이는 것 같았다.

쓸데없이 정의감 발휘하지 마.

카스가의 포인트가, 우리가 일 년 가까이 공들여 쌓은 포인트가 허무하게 추락해간다.

울고 싶은 심정이었다.

“넌 입 다물어.”

나는 요란하게 혀를 차며 카스가를 노려보았다. 그러자 카스가가 움찔 몸을 굳히더니, 충격 받은 얼굴로 나를 바라보았다.

“카스가, 누가 너더러 걱정해달래? 네 그런 성격, 재수 없어.”

“제일 재수 없는 건 너잖아?”

허를 찔린 기분으로 돌아보니, 그렇게 말한 사람은 소야마였다.

“너희들도 같은 생각이지?”

소야마가 동의를 구했다.

소야마와 친한 아이들만이 “맞아, 재수 없어.”라며 맞장구를 쳤다. 대다수는 그저 시선을 피할 뿐이었다. 누구도 나하고 눈을 마주치려 하지 않았다. 그 대신 나중에 라인에다 올릴 테지.

나는 그 어떤 항변도 할 수 없었다.

등 뒤에서 축축한 걸레가 내 옷 속으로 들어왔다.

남자 화장실에서 거울에 얼굴을 비춰보았다.

그 처량한 몰골은 내가 가장 마주하기 싫었던 과거의 내 모습을 떠올리게 했다.

결국 다 부질없는 노력이었구나 싶었다.

어쩐지 내 정체성을 되찾은 기분이었다.

다시 나락으로 떨어지는 게 무서운 나머지 늘 겁에 질려 살았다.

그리고 그렇게 가식적으로 살았을 때야말로 오히려 언젠가 이 사기극이 탄로 날지도 모른다는 두려움에 떨어야 했다.

여기, 맨 밑바닥이 진정한 내 자리다.

이 세상에 홀로 남은 감각.

핵전쟁으로 지구가 멸망하고 눈앞에 있는 이들은 모두 인간의 형태를 띤 안드로이드로, 오직 나 혼자만이 인류 최후의 생존자인 것 같은 기분이었다.

제8화

아침에 눈을 뜨니 몸이 물먹은 솜처럼 무거웠다.

기운이 하나도 없었다.

네 발로 기다시피 해서 아래층 식탁까지 내려갔다. 정말로 기어가는 자세였으므로, 가족들도 깜짝 놀란 눈치였다.

“미안.”

나는 음울한 목소리로 말했다.

“학교, 못 가겠어.”

부모님에게 잔소리를 듣지는 않았다. **두 번째**였기 때문이다.

결국 나는 몸이 좋지 않다는 이유로 한동안 학교를 쉬게 되었다.

내 방에 멍하니 앉아 있자니 아침 식사를 끝마친 누나가 문 앞에 서는 게 느껴졌다. 하지만 안으로 들어오지는 않았다.

“괜찮아?”

자연스럽게 문을 사이에 둔 채 대화를 나누었다. 꼭 TV에 나오는 진짜 은둔형 외톨이가 된 느낌이어서 병아리 눈물만큼 재미있었다.

"응, 아마도."

그렇게 대답해놓고도 정말 괜찮은 걸까? 하는 생각이 들었다.

"학교에서 무슨 일 있었어?"

솔직하게 말할 수가 없었다. 아무래도 찌질하게 들릴 테니까. 게다가 말 몇 마디로 설명하기에는 너무 복잡했다. 그래서 나는 침묵을 지켰다.

"아까 엄마가 학교 그만둬도 된다고 했어."

누나가 유난히 상냥한 목소리로 말했다. 마음 써주는 건지도 모른다.

"꼭 학교에 다니지 않아도 어엿한 어른이 될 수 있어."

과연 그럴까? 그 말은 어쩐지 의심스러웠다. 포인트 생각이 났다. 예를 들어 회사에 면접을 보러 가면 틀림없이 면접관이 물어볼 테지. "고등학교를 중퇴했다고 되어 있는데, 그 이유는 뭔가요?" 제대로 대답할 자신이 없었다. 누나한테도 똑바로 말 못하는 일을 초면의 타인에게 어떻게 설명한단 말인가. 무리라는 생각이 들었다.

"정신 차릴 테니까, 한동안 내버려둬."

그게 내가 할 수 있는 최선의 대답이었다. 그럴 자신은 전혀 없었지만, 어쨌거나 지금은 그냥 내버려둬 주기를 바랐다.

그리고 침대 속으로 들어가서 눈을 감았다.

지금은 일단 시체처럼 잠들고 싶었다.

이윽고 마음속이 텅 비기 시작했고 나는 그저 숨 쉬고 존재하는 게 다인 물체로 변해, 어둠 속에서 그저 의식만이 또렷해져갔다. 아아, 드디어 말기로 접어들었구나 하는 생각이 들었다. 가망이 없다.

* *

눈을 감자 찾아온 어둠 속에서 나는 중학교 시절을 떠올렸다. 내가 처음으로 학교에 다니지 못하게 되었을 때의 기억을.

그때는 이럴 줄 몰랐다고 생각했다.

등교하니 책상이 없었다. 주위를 둘러보자 애들이 키득키득 웃는 게 보였다. 책상이 없으니 앉을 수도 없어서, 나는 멀뚱하게 서 있었다.

창밖을 내다보니 어찌된 영문인지 내 것으로 보이는 책상과 의자가 운동장에 덩그러니 놓여 있었다. 누군가 수고스럽게 아침 일찍 등교해서 내 책걸상을 내다놓은 모양이었다.

하지만 그냥 멀대같이 서 있어봐야 누군가 내 책상을 교실까지 가져다줄 리도 없었다. 직접 가지러 가야만 했다. 넌덜머리를 내며 운동장으로 나갔다. 복도를 걷는 사이 수업 시작종이 치는 바람에 점점 더 기분이 가라앉았지만, 선생님에게 들키면 혼날 게 뻔했기에 운동장까지 살금살금 힘없이 걸었다.

바깥에는 부슬비가 내렸다.

운동장 흙은 질퍽거렸고, 그 감촉은 차가웠다.

운동장 한복판에 놓인 내 책걸상에 다다랐을 때, 이제 한계라는 생각이 들었다.

그대로 의자에 주저앉았다.

매일같이 계속되는 갖가지 괴롭힘 탓에 육체적으로 지쳐 있었다.

의자에 앉은 순간, 다시는 일어설 수 없을 것 같은 기분이 들었다.

이제 어찌되든 상관없어.

나는 책상에 엎드려 눈을 감았다.

그때도 지금처럼 몸이 무겁고 우울하고 한없이 졸리기만 해서, 잠들고 싶었다.

이대로 사라져버리고 싶다고 생각했다.

"너 여기서 뭐하는 거냐?"

거친 목소리에 정신을 차리고 고개를 들자 체육 교사가 있었다. 주위를 둘러보니 체육복으로 갈아입은 우리 반 애들이 나를 빤히 쳐다보고 있었다.

"아오키, 너 지금 장난치냐?"

교사가 말했다. 설마 내가 웃기려고 내 손으로 책걸상을 여기까지 날라와서 자는 척한 거라고 생각하는 건가? 아니, 그럴 리는 없다. 저 교사는 사정을 어렴풋이 짐작하면서도 일부러 저런 행동을 하는 거겠지. 이상한 인간이라는 생각이 들었지만, 그래봤자 남들 눈에는 아마 내가 이상하고 저 인간이 정상인 것처럼 비치겠지 싶었다.

그렇게 생각하자 어쩐지 빈정 상했다. 체육 교사의 머리가 벗겨

진 게 눈에 띄었다.

"시끄러, 대머리. 콱 죽여 버린다."

내 중얼거림에 애들이 가소롭다는 기색으로 웃었다. 교사는 화를 냈다. 나는 누군가 때리고 싶었지만 누구를 때려야 할지 갈피를 잡을 수 없었다. 전원을 다 때리기 전에 제지당하고 말 게 뻔했기 때문이다.

"저 집에 가볼게요."

가방을 챙겨 학교를 나섰다. 교문 밖으로 나온 다음 고개를 돌려 교정을 바라보았다.

이제 다시는 올 일 없겠구나 생각하니, 즐거운 추억이라고는 하나도 없건만 그래도 이상하게 애틋한 기분이 들었다.

사실은 나도 그저 평범하게 청춘을 즐기고 싶었다. 친구나 여자친구와 함께 문화제 준비에 열을 올리거나 신나게 놀러 다니고 싶었다. 쟤들과 나는 도대체 뭐가 다른 걸까? 하지만 그 차이를 모르는 게 바로 내가 이 꼴이 된 이유이겠거니 싶었다.

그 후 집으로 가는 길에 누군지 알 수 없는 사람 여럿이 나를 따라와, 내 머리를 금속 배트로 내리쳤다.

＊＊

"카스가가 왔단다."

눈을 뜨자 머리맡에 엄마가 서 있었다.

"왜 남의 방에 함부로 들어오고 그래?"

"그보다 어쩔 거니?"

엄마가 물었다.

"감기 걸렸으니까 못 만나. 학교에도 그렇게 이야기해뒀잖아? 그러니까 그냥 가라고 해."

"근데 사실은 안 걸렸잖아."

그 지적에 계속 실랑이를 벌이기도 성가셔, 나는 결국 현관으로 향했다.

현관 밖에는 걱정스러운 얼굴을 한 카스가가 있었다.

"왜 왔어?"

퉁명스러운 목소리로 카스가에게 물었다.

"어라? 아오키, 감기 걸렸다며?"

"으응, 뭐."

나는 명확한 긍정도 부정도 하지 않고 그저 어정쩡하게 고개를 끄덕였다.

"이거 포카리랑 젤리야. 문병 선물."

"고마워."

그렇게 대답하며 편의점 비닐봉투를 받아들자, 카스가가 의아한 기색으로 내 얼굴을 빤히 쳐다보았다.

"뭘 봐?"

"아니, 어쩐지……."

"땡큐."

"아니, 고맙다는 말을 영어로 해달라는 뜻이 아니라…… 혹시 꾀병이야?"

"쿨럭, 쿨럭…… 꿀럭."

"괜찮아? 방금 순간적으로 꿀럭이라고 했거든? 그거 기침 소리 아니잖아."

"……꼬치꼬치 따지지 마. 그럼 잘 가라."

작별인사를 건네고 문을 닫으려 하자, 카스가가 잽싸게 문틈에 발을 끼웠다.

"잠깐만."

카스가는 다급한 표정으로 나를 보았다.

"할 말이 있어."

나는 시험 삼아 카스가의 발을 끼운 채로 있는 힘껏 문을 닫으려고 해보았다.

"아야야야야! 무슨 짓이야?! 하지 마!"

카스가가 고래고래 비명을 질렀고, 이웃집에 민폐가 될 것 같았기에 나는 다시 힘을 뺐다.

"가라고."

"싫어."

"찰거머리냐?"

"그치만…… 아야야야야야야야야야야야야야야야야야야야야!"

나는 포기하고 문을 열어주었다.

?=

“그딴 거, 그냥 무시해.”

내 방 쿠션에 앉은 카스가가 부질없는 위로를 건넸다.

“무시할 수 있는 인생이었으면 얼마나 좋았겠냐.”

나는 그냥 무릎을 끌어안고 바닥에 앉아 있었다.

“소문 다 났지?”

“아…… 아니야.”

카스가의 눈이 허공을 배회했다.

“난 거 맞잖아.”

“나기는 했지만.”

“학교에 안 가면 손해라는 거…… 나도 알아.”

“진짜 심각하네.”

카스가는 화난 목소리로 그렇게 말하며 나를 빤히 쳐다보았다.

“아오키, 이 상황에서도 여전히 손익을 따지는 거야?”

“그래. 난 안 변해. 그러니까 그냥 내버려두라고.”

나는 울컥해서 대꾸했다.

“좋아, 맘대로 해. 아오키 네가 학교에 안 나오면 내가 만나러 오면 되니까.”

나는 카스가를 보았다. 진심으로 하는 말일까? 아니겠지, 아마.

“이제 오지 마.”

어떡하면 돌려보낼 수 있을까? 철저하게 무시하는 편이 나을지도 모른다. 대놓고 무시 중임을 어필하려고 나는 게임을 하기로 했다.

"무슨 게임이야?"

카스가가 관심을 보이며 물었다. 나는 대답 없이 게임 화면에 집중했다. 나이프로 통행인을 푹푹 찔러 죽였다.

"잔인한 거네?"

그렇게 말한 카스가가 내 옆에 앉아서 컨트롤러를 집어 들었다.

"나도 할래."

나는 나직하게 한숨을 쉬고 게임기를 조작해 2인용 플레이 모드로 바꾸었다.

"오락실 갔을 때 생각난다."

나는 묵묵히 게임을 계속했다. 그러다 문득 생각나서 카스가를 나이프로 찔렀다. 게임 속에서.

"아, 이거 같은 편도 죽일 수 있구나."

"응."

아뿔싸, 엉겁결에 반응을 보이고 말았다.

"생각보다 재미있네."

"그렇지?"

단순한 비디오 게임이었다. 각종 흉기로 누구나 사람을 죽일 수 있었다.

"근데 카스가, 모자는 왜 쓰고 있어?"

문득 생각나서 돌아보니, 카스가는 어느새 후드티에 달린 모자를 뒤집어쓴 채 무릎을 세우고 앉아서 게임을 하고 있었다.

"이래야 더 막장 인생처럼 느껴지거든."

알쏭달쏭한 대답이었다.

"아오키 너도 한번 해봐."

그 말에 나도 시험 삼아 따라해 보았다. 그러자 어쩐지 정말 본격적으로 폐인이 된 것 같은 기분이 들었다.

"정말이네."

"덤으로 불도 끄면 완벽해."

나는 리모컨으로 방 불을 껐다.

"이러면 돼?"

카스가는 대답 대신 엄지를 척 치켜세웠다.

한동안 그렇게 둘이서 게임을 했다. 시간 감각이 사라져갔다. 그러다 이윽고 싫증이 났다.

나는 기관총으로 학교에 있던 학생들을 몰살시킨 다음, 마지막으로 내 머리통을 수류탄으로 날려버렸다. 그리고 장난으로 카스가를 보며 히힛, 하고 음산하게 웃어 보였다.

"뭐해? 미친 척하지마."

카스가는 후암 하품을 하며 기지개를 켰다. 그리고 "사람 죽이는 것도 피곤하네." 사이코패스 같은 소리를 하며 침대에 드러누웠다.

"이제 그만 가라."

내 말을 못 들은 것처럼 카스가는 "이리 와."라고 했다.

게임기를 끄자, 방은 순식간에 깜깜해졌다.

침대 쪽으로 다가가자 카스가가 내 손을 가볍게 잡아끌었다. 그래서 나도 침대로 올라가 둘이 마주보는 자세로 누웠다.

가만히 서로의 눈을 응시했다.

"전에 하던 거, 마저 하자."

나는 "왜?"라고 물었다.

"연습해두면 몸도 마음도 아프지 않을지 모르잖아."

"내 알 바 아냐."

"아오키 넌 내가 처음만 아니면 소야마랑 해도 신경 안 쓸 거 아냐?"

"……그럴 리 없잖아."

나는 카스가에게서 시선을 떼고 반대편으로 돌아누웠다.

"가라."

카스가가 방을 나설 때, 바깥 통로에 켜놓은 따스한 불빛이 한순간 방 안으로 새어들었다가 이내 사라졌다.

그리고 다시 짙은 어둠으로 돌아왔다.

!9

그 후로도 카스가는 툭하면 우리 집을 찾아왔지만, 그때마다 나는 엄마에게 부탁해서 돌려보내고는 했다. 카스가가 오면 마음이 흐트러졌다. 되도록 조용히 지내고 싶었다.

아무것도 하는 일이 없었다. 하루하루가 무익하게 흘러갔다.
학교에 가지 않는 내게 가족들은 평범하게 뜨뜻미지근한 태도를 보였다. 하지만 그 미온적인 포용 방식마저도 지금의 내게는 고통일 뿐이었다.
"나오토, 친구 왔다."
엄마의 목소리에 나는 "그냥 돌려보내라니까."라고 대꾸했다.
"오늘은 카스가가 아니라 나루세야."
"……나갈게."
카스가보다 나루세가 훨씬 더 만나기 껄끄러운 상대였지만, 그렇다고 문전박대하고 돌려보낼 마음은 나지 않았다.
현관문 밖에 나루세가 서 있었다.
"괜찮아?"
그 얼굴에는 겸연쩍은 기색이 감돌았다. 나도 비슷한 표정이겠구나 싶었다.
"나루세, 잠깐 나가자."
어쩐지 나루세를 내 방에 들이고 싶지 않았다. 어질러놔서 난장판이기도 했고 말이다.
거리를 걸으며 맛집 사이트 타베로그에서 쓸 만한 가게를 찾아보았다. 하지만 누군가가 매긴 그 점수가 어쩐지 점점 더 신뢰하기 어려워져, 우리는 결국 한밤의 패밀리 레스토랑으로 들어갔다.
"아오키."
자리에 앉았지만 주문하고 싶은 게 떠오르지 않았고, 나루세도 마찬가지인 눈치였다. 그래서 우리는 한동안 아무것도 시키지 않고 이야기를 나누었다.

“미안해.”

“괜찮아.”

지금의 우리는 무슨 사이일까 생각했다. 마땅한 표현을 찾기가 힘들었다. 우리 둘의 관계는 딱 잘라 정의하기 어려운 무수한 그러데이션 속에 위치한 것처럼 느껴졌다.

“나루세, 왜 내 노트를 칠판에 붙였어?”

“나 아니야.”

나루세가 왠지 겁먹은 눈빛으로 말했다. 그 모습을 가만히 응시했다. 거짓말하는 건가? 모르겠다. 다만 이런 식으로 나루세를 의심해야만 하는 상황 자체가 어쩐지 가슴 아팠다.

“내가 한 게 아냐.”

“그럼 누가…….”

입을 열었다가, 이제 와서 따져봐야 뭐하냐는 생각이 들어 그만두었다.

“아니, 누가 했던 상관없어.”

그리고 분위기를 바꿀 작정으로 호출 버튼을 눌렀다. “나루세, 너도 드링크 무제한이면 돼?” 일본풍 햄버그스테이크에 사이드는 잡곡밥과 샐러드로 주세요, 하고 주문할 분위기도 아니고. “응.” “그럼 드링크 무제한 두 개요.” 점원에게 말하고 함께 음료를 가지러 갔다.

"아오키, 학교에는 언제 나올 거야?"

"모르겠어."

가까운 테이블에서 먹음직스러운 스테이크 냄새가 풍겨왔다.

음료 디스펜서에서 레버를 눌러 콜라를 따랐다. 조금 따르다가 그만두었다. 나는 지금 정말 콜라를 마시고 싶은 걸까? 그렇게 생각한 순간 그만 웃음을 터뜨릴 뻔했다. 바보 같다. 나는 지금 정말 콜라를 마시고 싶은 걸까? 하고 진지하게 의문을 품는 인간이라니, 살짝 맛이 간 게 분명하지 않은가.

헛웃음을 참으며 오렌지주스 레버를 눌러 콜라에 섞었다. 오렌지 콜라. 이 정도면 아직 먹을 만하겠지. 거기다 건강차인 소켄비차(爽健美茶)와 칼피스를 섞자 그야말로 엉망진창이 되었다. "뭐 하는 거야? 그러지 마." 나루세의 제지를 무시하고 나머지 음료도 몽땅 섞었다.

그러자 구정물처럼 시커먼 음료가 탄생했다.

"파멸에 대한 갈망이라는 게 있잖아?"

내 말에 나루세가 영문을 모르겠다는 표정을 지었다.

"난 어쩌면 이렇게 되고 싶었던 게 아닐까 싶어."

"왜 그런 소리를 해?"

"이제야 좀 마음이 놓이거든."

그 시커먼 음료를 한 모금 마셨다. 마치 이 세상 모든 악의의 집결체 같은 맛이 났다.

불순함 속에 순수함이 섞여 있다고 믿을 수는 없어? 예전에 카스가가 했던 말이 떠올랐다.
나는 눈앞의 시커먼 음료를 단숨에 비웠다.
"다 내 잘못이니까. 자업자득이지."
자리로 돌아와서 서로 마주보고 앉았다.
"있잖아."
궁금한 게 떠올랐다. 왜 지금까지 물어보지 않았을까?
"나루세, 내 어디가 좋아?"
아마도 무서웠기 때문이리라.
"아오키 넌……."
나루세는 잠시 말을 끊고 생각에 잠겼다가 덧붙였다.
"마음씨 착하고……."
좋아하는 사람 앞에서는 누구나 착한 척하지 않나 하는 생각이 들었다.
"그거, 왠지 흔히 내세우는『좋아하는 이유』처럼 들려."
나루세는 무표정하게 나를 보았다.
내가 지금 무슨 소리를 하고 있는 거지?
"그렇게 무난하고 상투적인 답변 말고, 뭐 더 없어?"
발끈할지도 모르겠다고 생각했으나, 나루세의 표정은 변함없이 진지했다.
"갑자기 그렇게 물어보니까 어렵네."
"화내지 않을 테니까, 더 솔직담백하게 노골적으로 이야기해봐."
나루세는 뭔가를 세듯 손가락을 꼽아가며 말을 이었다.

"난 미남이 싫어. 아오키 네가 미남이 아니라 좋은지도 몰라. 그리고 사회성이 너무 뛰어난 사람도 솔직히 거북해. 눈치가 너무 빠른 사람도, 너무 없는 사람도 싫어. 아오키 넌 적당한 게 장점이야. 또 지나치게 패셔너블한 사람이랑 같이 있다 보면 나도 분발해야 될 것 같아서 그것도 불편해. 그렇다고 너무 촌티 나도 곤란하고. 네 옷차림은 평범하잖아. 그리고 과도하게 멍청해도 대화하기가 힘들고, 엄청나게 똑똑해도 골치 아파. 근데 그렇게 모든 면에서 딱 적당한 사람이라는 게 의외로 적거든. 그래서 좋아하게 됐는지도 몰라."

그 말은 결국 내 포인트가 딱 적당할 만큼 평범해서라는 뜻인가? 어쩐지 쓴웃음이 나올 것 같았다.

"그래? 근데 그럼 이제 된 거 아냐?"

"어째서?"

"지금의 나는 더 이상 나루세 네가 좋아하는 사람이 아닐 테니까."

딱히 복잡한 문제는 아니다. 예컨대 누나는 지금 사귀는 남자친구가 백수가 되면 결혼할까? 그럴 리 없다. 그리고 학교에서 밑바닥까지 떨어진 지금의 내 상태는 백수에 한없이 가깝다는 생각이 들었다.

"게다가 내 본모습은…… 이미 알 거라고 생각하지만, 아마 몹시 혐오스러운 인간일 테고."

"그럼 아오키, 내 어디가 좋은지 말해봐."

"다 좋은데."

"그런 사탕발림은 됐어. 필요 없어. 그런 거 말고, 더 적나라한 본심을 말해봐. 나도 적당히 순화하지 않은 내 속내를 털어놨으니까. 이번에는 아오키 네 차례야."

나는 고민했다.

내가 왜 나루세를 좋아했더라?

"우선 예쁘니까."

"그건 나도 알아."

"또…… 착하고."

"그거야말로 전형적이고 진부한 대사 아니야?"

"잠깐만, 진지하게 고민해볼게. 으음……."

눈을 감고 또 뭐 없나 곰곰이 따져보았다. "얼굴이 매력적이다." "예쁘다." "미인이다." "귀엽다." "아무튼 예쁘다." 또 뭐가 있더라?

"외모 말고도 뭔가 더 있을 거 아냐?!"

나루세가 내 발을 꾹 밟았다.

"…………없는 것 같기도 해."

"없구나."

허탈해졌는지, 나루세는 앉은 채로 소파에서 주르륵 미끄러졌다.

"……예쁘고, 똑똑하고, 예쁘고, 세련되고, 눈치 빠르고, 예쁘고, 착하다는 점?"

"하지만 이유가 그거면 꼭 내가 아니어도 되잖아. 다 대체 가능한 요소니까. 다른 학교에도 또 다른『나루세 같은 애』가 있을 테고, 나 말고 그 애여도 상관없는 거 아냐?"

화난 것처럼 나루세의 목소리 톤이 높아졌다.

"더 정확하게는 좋아한다는 마음에도 여러 가지 종류가 있어서, 아오키 네가 나에게 품었던 호감은 동경에서 비롯된 감정이었던 거지. 아오키 넌 그저 내 포인트가 높으니까 날 좋아했던 것뿐이야. 네가 날 좋아한 이유는 그것뿐이라는 뜻이지."

"인정할게."

"결국 피차일반인 셈이네."

"그러게."

"하지만 여태까지 날 좋아했던 남자들, 전부 외모만 본 거겠지……. 어떡하면 좋을까?"

"모르겠어. 나루세 네가 예쁜 건 사실이니까."

"매일 얼굴에 붕대를 칭칭 감고 학교에 가면 되려나? 근데 그러면 아무도 접근하지 않겠지?"

나루세는 자조하듯 입가에 어두운 미소를 머금었다.

"아무튼 오늘 알게 된 사실은 서로에 대한 호감에 특별한 이유가 없었다는 거네."

"왠지 미안한걸?"

"근데 생각해 보면 사람이 사람을 좋아하게 되는 데 그렇게 거창한 이유가 있을까 싶어."

모르겠다. 이제는 차라리 포인트를 이유로 사람을 좋아하게 되는 게 건전하게 느껴질 지경이었다.

“알았어, 포기할게. 원래 다 그런 법이라고 여기고 받아들일게.”

“하지만 난 평범한 게 싫은걸? 평범한 연애는 싫어. 날 아주아주 좋아하는 남자가 있고 나도 그 애를 아주아주 좋아해서, 같은 마음에 쌍방통행으로 죽을 때까지 함께 있지 못하면 싫어. 그렇게 같이 많은 시간을 보내서, 내가 할머니가 돼도 변치 않고 날 사랑해주는 사람이 좋아. 그런 마음, 모르겠어?”

“그런 건 그 누구에게도 불가능해.”

“하지만 안 그러면 나한테는 연애하는 의미가 없는걸? 그러니까 의미 없는 연애나 어찌되든 상관없는 관계는 맺고 싶지 않아. 영원함이나 순수함을 원해.”

“왜?”

“아오키 네 식으로 표현하면, 사람의 포인트는 언젠가 내려가. 나이가 들수록 포인트는 점점 떨어져. 외모란 잔인해. 여자 쪽부터 퇴색되어가니까. 그렇게 점점 망가져가는 모습을 보면서 마음도 함께 식어가는 거지. 난 그걸 못 견디겠어.”

하지만 그래도 역시 어쩔 수 없는 일이잖아.

내가 아무 말도 하지 않자, 나루세는 힘없이 한숨을 쉬었다.

“결국 어떤 이유로 사람을 좋아하는 게 정답인 걸까?”

▫□

곧장 돌아갈 마음이 나지 않아 하염없이 걸었다. 집에는 들어가고 싶지 않았다. 아무데도 갈 곳이 없었다. 늘 그렇지만. 아늑하게 쉴 수 있는 공간이 필요했다. 이 세상에는 없다. 정말로. 진심으로 생각한다. 밤의 어둠에 녹아 사라질 수 있으면 좋으련만, 하고 중학생이 쓴 시처럼 생각하고는 한다.

너는 해충이고, 이 세상에 해만 끼치는 생물이야. 머릿속에서 또 하나의 내가 그렇게 말했다. 그것은 자기연민으로 뒤범벅된 자기부정이 아니라 그저 냉엄한 현실처럼 느껴졌다. 나는 쓰레기다. 쓰레기는 나다.

그렇게 바닥만 쳐다보며 걷는 사이, 근처에 있는 코우 형의 집 앞을 지나가게 되었다.

무심코 걸음을 멈추고 말았다.

아마도 있을 것 같았다.

허름한 연립주택이었다. 언제 지었는지조차 의심스러운 목조 계단을 올라가서 문 앞에 섰다. 어차피 문단속 따위 안 하겠거니 싶어 손잡이를 돌려보니, 아니나 다를까 싱겁게 열렸다.

방 안은 불을 꺼놓아 깜깜했고, 가전제품 불빛도 눈에 띄지 않았다. 보통 대기 램프 정도는 켜져 있는 법인데 말이다. 그러고 보니 냉장고 돌아가는 소리도 나지 않았다. 코우 형의 집은 마치 시간이 멈춰버린 것 같았다.

"뭐야, 나오토구나."

코우 형은 어둠 속에서 겁먹은 얼굴로 나를 보고 있었다. 왜 그렇게 소심하고 자신감 없는 표정인 건데? 미덥지 못한 코우 형의 태도에 나까지 불안해졌다.

"코우 형, 뭐해?"

"너도 피울래?"

코우 형은 담배처럼 생긴 무언가를 피우는 중이었다. 다만 그것은 담배가 아니었다. 불길한 예감이 들어 "난 됐어."라고 대답했지만, 코우 형은 "사양할 거 없어. 더 있으니까."라며 베란다에서 키우는 식물의 잎사귀를 가리켰다. 그거, 관상용 아니었어……? 미안해서 사양한 게 아니었건만, 잠시 후 코우 형은 익숙한 손놀림으로 준비를 마치고 그 수상쩍은 물건을 내게 내밀었다.

"자."

"방이 깜깜하네."

"전기가 끊겼거든."

"코우 형, 괜찮아?"

코우 형은 그 질문에 대답하는 대신, 잎사귀를 말아 불을 붙이고 내게 건네주었다.

어쩐지 만사가 귀찮아져, 나는 그것을 피웠다.

그리고 둘이 나란히 코우 형의 이불 위에 벌러덩 드러누워 천장을 올려다보았다.

"난 형이 이렇게까지 못난 어른이 될 줄 몰랐어."

왠지 웃음이 나서, 나는 태연하게 잔인한 말을 내뱉었다.
"내가 어른인가……?"
막막한 목소리로 코우 형이 말했다.
"이미 어엿한 어른이지."
"하긴."
나른한 분위기가 흐르며 몸이 무거워졌다.
"야, 나오토. 형이 대부업체에 진 빚이 얼마나 될 거 같아?"
"몰라. 알고 싶지도 않고."
"대충 2백만 엔."
"제법인데?"
나는 코우 형에게 그런 배짱이 있었다는 사실에 더 놀랐다.
"넌 나처럼 되지 마라."
"코우 형, 청승 좀 그만 떨어."
코우 형의 이불에서는 그리운 형의 냄새가 났다. 한마디로 퀴퀴했다. 사실 코우 형 이불에서 장미 향기가 날 리는 없으니, 아직 현실감은 잃지 않은 모양이라고 냉정하게 생각했다.
"옛날에는…… 그때는 나, 코우 형처럼 되고 싶었어."
"알아."
"있잖아, 형. 사람은 왜 망가지는 거야……?"
그 말을 끝으로 의식이 사라졌다.

＊＊

한밤중의 나이프, 소년, 중학생.

칠흑처럼 어두운 심야의 도로에는 소년과 나 둘뿐이었다.

포인트는 32.

그 소년의 얼굴은 역시 낯이 익었다.

"난 너 같은 인간이 제일 싫어."

"나도 마찬가지야."

나는 한숨을 쉬었다. 소년과 어떻게 화해해야 좋을지 감이 잡히지 않았다.

"하지만 너하고 나, 둘 중 어느 한쪽만으로 살아가는 건 역시 불가능하다고 생각해."

나는 냉정하게 덧붙였다. 그렇게 당연한 사실을 왜 여태 깨닫지 못했는지 의아할 정도였다. 아마 머리로는 알았을 테지만, 머리로 아는 것만으로는 부족할 때가 있는 거겠지.

아마도 그런 이유이리라.

"싫어."

소년은 떨리는 목소리로 어둠 속에서 빛나는 나이프를 내게 겨누었다.

"난 죽어도 너처럼 때 묻은 어른은 되기 싫어."

"포기하라니까."

소년이 달려들었다.

소년의 나이프가 내 배에 푹 박혔고, 온몸이 검붉은 피로 물들어갔다. 이니시에이션(initiation)이라는 말이 뇌리를 스쳐갔다.

"나도 네가 필요해. 나 혼자서는 살아갈 수 없어. 하지만 너 혼자서도 살아갈 수 없어."

이윽고 내 몸은 나이프와 소년의 팔을 집어삼키기 시작했다. 질척하게 흘러나오는 피 속으로 소년의 몸이 꾸물꾸물 흡수되어갔다. 그렇게 소년은 서서히 내 안으로 들어와, 하나로 변해갔다.

"죽기 싫어."

나는 마지막으로 그렇게 말했다.

**

아침이 되자 짹짹 새소리가 들려와, 아아, 날이 밝았구나 하고 생각했다. 처음으로 맞이하는 아침, 막장 인생의 방.

벌떡 몸을 일으켰다. 시선을 향하자 코우 형은 아직 꿈나라 여행 중이었다. 칠칠치 못한 자는 얼굴을 드러낸 채로.

제멋대로 자란 수염이 유난히 길었다. 행색부터가 이미 건실하게 일하는 사람으로는 보이지 않았다. 게다가 나는 깨닫고 말았다. 코우 형의 조기 탈모가 진행 중이라는 사실을…….

보아하니 몇 년 후에는 비참한 꼴이 되겠군. 그렇게 코우 형의 머리카락이 맞이하게 될 세기말적 미래를 애도하며, 옷매무새를 가다듬고 일어섰다.

“으음……. 여어, 잘 잤냐?”

코우 형이 갑자기 눈을 번쩍 떴다.

“나오토, 너 방금 말없이 그냥 가려고 했지?”

“들켰네.”

코우 형은 팬티바람으로 일어나더니, 원래 디자인인지 아니면 닳아서 해진 건지 분간이 가지 않는 청바지를 입고 집 밖까지 나를 배웅해주었다.

햇살이 눈부셨다. 줄곧 어두컴컴한 코우 형의 방에 있었기 때문인지도 모른다.

“나오토.”

코우 형이 나를 불렀다.

뒤돌아보았다.

초라한 코우 형.

아마도 이것이 코우 형과의 마지막 만남일 테지.

“잘 들어.”

느닷없이 진지한 얼굴로 돌변한 코우 형이 나를 정면으로 응시하더니, 몹시 근엄한 분위기로 입을 열었다.

“넌 너의 길을 가라. 알겠지?”

회심의 미소를 지으며, 코우 형은 말했다.

“구려.”

나는 그만 웃음을 터뜨리고 말았다. 애써 그 대사를 생각하고 준비했을 코우 형을 상상하니 자꾸만 웃음이 났다.

“코우 형, 잘 들어. 마지막으로 그런 대사라니, 진짜 죽도록 끔찍하게 구리다고.”

나는 웃으며 코우 형에게 손을 흔들어주고 계단을 내려왔다. 웃으면서도 어쩐지 눈물이 날 것 같았다. 삐걱삐걱 무너질 것 같은 소리가 났다. 하얀 빛이 내리쬐는 아스팔트에 내 그림자가 서서히 드리웠다.

제9화

요양, 즉 얌전히 집에 틀어박혀 지내는 사이, 신기하게도 서서히 기력이 회복되어 나는 다시 병원을 다니기 시작했다. 그러자 칩거하는 데도 싫증이 나서 외출을 하게 되었다. 학교에는 못 갈망정 집밖을 어슬렁어슬렁 쏘다닐 정도로는 나아졌다.

이제 포인트는 보이지 않았고, 깨진 숫자가 보이는 현상도 사라졌다.

나는 완전히 평범한 상태로 돌아왔다.

이렇게 평범해도 되는 걸까?

다만 평범한 상태로 돌아왔다고 해서 문제가 해결된 것은 아니었다. 오히려 아무것도 손대지 못하고 방치해둔 꼴이었다. 문제투성이였다. 이대로 도망칠 마음은 들지 않았다. 사실 도망쳐도 상관없지만, 혼자라면 그래도 상관없을 테지만.

그래도 역시 싫었다.

그래서 나는 학교에 가기로 마음먹었다.

아무런 설명도 없이 등교 준비를 하는 내 모습에 가족들은 놀란 기색이 역력했다.

"무리할 필요 없어."

화장실에서 세수를 하는데 엄마가 다가와서 말을 걸었다. 고개를 들었다. 걱정스러운 기색이 감도는 얼굴이 눈에 들어왔다.

"고마워."

내 대답에 엄마는 뜻밖이라는 표정을 지었다. 그래서 나도 모르게 묻고 말았다.

"왜?"

"그냥, 너무 고분고분해서."

"그래?"

"평소에는 더 반항적이잖니."

그건 다 엄마 탓이잖아. 혀끝을 맴도는 말을 삼켰다.

간단하게 몸단장을 마치고 등교했다.

"잠깐만."

교실로 들어서려 한 순간, 누군가 나를 불러 세웠다.

돌아보니 나루세였다.

"안녕?"

웃는 얼굴로 인사를 건넸지만 나루세는 말이 없었다. 그러다 잠시 후에 "그 반응, 왠지 으스스해."라고 했다.

"아오키, 학교에 안 오는 게 좋을 거 같아. 진심이야. 최소한 당분간만이라도."

나루세의 말에 한순간 움츠러들었다.

"그 정도야?"

"다들 잔뜩 화가 났으니까."

그야 그렇겠지. 하다못해 포인트만 적었더라면 그나마 나았을지도 모르지만, 포인트 내역과 촌평까지 곁들인 게 치명적이었으리라. 못생김, 성격 더러움, 멍청함, 눈치 없음, 입 냄새 남, 친구 없음 등등. 반 아이들 거의 전원의 험담을 노트에 적어놓았던 셈이니 공공의 적이 되어 마땅하다는 생각도 들었다.

"소야마가 막 부추겼거든. 아오키를 밟아버리자고, 그 자식 전부터 눈꼴셨다고. 그래서……."

"상관없어."

"난 싫어."

나루세는 켕기는 표정으로 말했다.

"보고 있으면 괴롭단 말이야."

"신경 쓰지 마."

"저기, 미안하지만 솔직하게 말해도 돼?"

나는 고개를 끄덕였다.

"사실은 아오키 네 편이 되어주지 못할지도 모르는 나 자신을 보고 싶지 않으니까, 학교에 안 오기를 바랐어."

그건 어쩔 수 없어. 나는 나루세에게 그렇게 대답하고 교실로 들어갔다.

모두가 일제히 나를 돌아보았다.

"어…… 잘못했습니다, 이것저것."

외면당했고, 무시당했다. 당연한 반응이었다. 충분히 예상했던 일이었기에 새삼스레 놀라지는 않았다.

내 책상에는 정성스럽게 꽃을 꽂아둔 꽃병이 놓여 있었다. 치우고 자리에 앉았다.

점심시간까지 평범하게 수업을 들었다.

어떻게 하면 예전처럼 돌아갈 수 있을까?

하지만 열심히 머리를 굴려 보아도 내가 무슨 짓을 하던 무언가 극적인 형태로 반 아이들이 단번에 내게 마음을 여는 일은 없으리라는 생각만 들 뿐이었다. 예를 들어 반 아이들 전체를 상대로 사과의 말을 해본들 달라질 것은 없을 테지.

그런 짓을 해봐야 도리어 반감만 살 뿐이다.

결국 내가 할 수 있는 일이라고는 한 명 한 명 성의를 가지고 대하는 것뿐이었다.

그런다고 해결될지는 미지수지만.

그래봤자 아마 여전히 나를 싫어하는 애들이 많을 테지만.

그래도 그 방법이 그나마 현실적이었다.

최대한 좋은 사람이 되자. 연기가 아니라 진짜로.

그렇게 결론을 내렸지만, 점심시간이 끝나고 5교시 학급회의 시간이 되자 담임이 나를 교단 앞으로 불러냈다.

"자, 다들 알겠지만 아오키가 오늘 다시 학교에 나왔다. 아오키가 없을 때 다 같이 이런저런 이야기를 나누었지? 선생님도 자세한 사정은 모르지만, 뭔가 사소한 감정의 엇갈림이 있었던 것 같구나. 선생님은 아오키한테도 잘못이 있다고 생각한다. 그렇지만 인간은 누구나 실수를 저지르기 마련이야. 선생님이 젊었을 때는 더 엄청났어. 지금에 비할 바가 아니었지. 훨씬 더 심각한 일이 벌어지고는 했단다. 그러니 모두가 서로를 이해하고 다시 예전처럼 잘 지내주면 좋겠구나. 그래서 말인데 아오키, 친구들에게 뭔가 하고 싶은 말이 있지 않니?"

미친, 제정신이야? 날 죽일 작정이냐고? 나는 내심 그렇게 생각했다. 주위를 둘러보니 다른 아이들이 공허한 표정으로 나를 빤히 쳐다보고 있었다. 무서웠다. 그렇다고 이 상황에서 할 말 따위 없다고 할 수도 없는 노릇이었다.

다만 이번에도 허울 좋은 말로 얼버무린다면 예전과 다를 게 없다. 진지하게 들어주는 사람은 아무도 없을지 모르지만, 최소한 솔직하게라도 이야기하자고 다짐했다.

"저기, 저……."

모두의 표정에는 한 치의 변화도 없었다. 죽어버린 심전도처럼 흔들림도 움직임도 없었다.

"제 노트, 지독했죠? 저도 그렇게 생각합니다. 하지만 예전에는 그게 제 인생관이었습니다. 저는 아무래도 제가 아닌 다른 사람을 한 명의 인간으로 보지 않았던 것 같습니다. 그러니까 남을 그렇게 함부로 평가할 수 있었던 거겠지요. 죄송합니다. 하지만 지금은 누구에게나 각자의 인생이 있고, 또 고민하거나 상처 입고, 계속 그대로 있고 싶어 하거나 변하려고 노력하는 마음이 있다고 생각합니다. 당연한 이야기입니다만, 저는 그 사실을 깨닫지 못했던 게 아닐까 합니다. 쉽사리 받아들여줄 거라는 기대는 하지 않습니다. 솔직히 어려울 거라고 생각하지만, 단 하나 확실한 점이 있다면 저는 이제 사람들을 그런 눈으로 보는 게 나쁜 짓이라는 사실을 압니다. 그것만큼은 진심입니다. 그러니 제 노트를 보고 상처받은 분들, 정말 죄송합니다."

내 이야기가 끝나자 교실에는 정적이 흘렀다. 다들 눈 한번 깜빡하지 않았다.

"너희들은 아오키 이야기를 듣고 어떤 생각을 했지?"

아무도 입을 열지 않았다.

"그럼 선생님이 지목하마. 우선 미즈무라, 뭘 느꼈지?"

"아오키 말대로 저도 그 노트를 봤을 때는 상처받았습니다. 하지만 아오키도 자기 나름대로 반성 중이라고 했습니다. 아까 선생님도 말씀하셨지만, 저 역시 실수하지 않는 인간은 없다고 생각합니다. 그러니까 아오키가 마음속 깊이 반성하고, 앞으로는 사이좋게 지낼 수 있었으면 좋겠습니다."

"좋아. 또 누구 말해볼 사람? 요시이."

"네. 저는 아오키의 이야기를 듣고 감동했습니다. 본인의 허물을 솔직하게 인정하기는 무척 어려운 일이라고 생각합니다. 그래서 저는 아오키의 사과를 받아들이려고 합니다."

"에나카."

"아오키가 자기 잘못을 인정하고 성의껏 사과해주었다는 점은 좋았습니다. 아오키가 한 일은 분명 용서하기 힘든 일이지만, 그러므로 두 번 다시 같은 잘못을 되풀이하지 않도록 주의해주었으면 합니다."

"우와키."

"죄송합니다. 저는 앞사람과 같은 의견입니다. 저도 그렇게 생각했습니다."

"곤도."

"저도 에나카 말에 동의합니다."

"나루세."

"저는……."

나루세는 난감해하는 기색이 역력했다.

"아오키가 왜 그런 생각을 하게 됐는지 알고 싶다고 생각했습니다."

그 말을 끝으로 나루세는 침묵을 지켰다.

"이제 하고 싶은 말은 대충 다 한 모양이니 이 정도면 될 것 같구나. 다들 아오키하고 다시 사이좋게 지낼 수 있겠지?"

담임의 말에 모두가 거의 동시에 네, 하고 대답했다.

"그럼 선생님은 아오키가 친구들과 잘 지낼 수 있을 것 같다고 아오키 부모님께 말씀드리마. 마지막으로 용기를 내어 사과해준 아오키를 위해 다 함께 박수를 쳐주도록 하자꾸나."

산발적인 박수 소리가 교실에 메아리쳤고, 나는 고통스러운 기분을 맛보았다.

여전히 아무도 나와 눈을 마주치려 하지 않았다. 단지 방금 그

일로 조금이나마 누그러졌던 적의와 악의의 불티지가 단숨에 치솟았다는 사실만큼은 피부로 느껴졌다.

어쩔 수 없다. 학교에 오면 이런 일 정도는 생기기 마련이니까. 하나하나 견뎌나가는 수밖에 없다.

교실에 딱 한 명, 우울한 얼굴로 나를 바라보는 사람이 있었다. 다름 아닌 카스가였다.

쉬는 시간에 생협에 가려고 교실을 나서자, 카스가가 뒤따라왔다.

"아까 그건 대체 뭐야? 분위기를 따라가질 못하겠어."

"인간 사회란 이래저래 복잡한 법이니까. 이런 일로 일일이 충격 받았다간 지금의 난 학교에 못 나와. 게다가 내 생각을 솔직하게 이야기할 수 있었다는 점에서는 만족스럽기도 하고."

내 설명에도 카스가는 여전히 석연치 않은 표정으로 물었다.

"근데 아오키, 어디 가?"

"생협. 연필 사러. 간당간당하지만 6교시 시작할 때까지는 돌아올 수 있겠지."

"연필? 아오키, 연필 써?"

"아니, 샤프가 없어서."

"없다니……."

"내가 어디서 잃어버렸겠지 뭐. 아마 앞으로는 더 많이 잃어버릴 테니까, 당분간은 싼 연필을 쓰려고."

교실로 돌아가 보니 내 가방이 쓰레기통에 버려져 있는 게 보였다. 정성스럽게도 내용물까지 하나하나 꺼내서 처박은 다음, 음식

물 쓰레기에 버무려놓기까지 했다.

내 이럴 줄 알았지. 나는 나직하게 한숨을 쉬고 쓰레기통을 뒤졌다.

그 후로 나는 매일같이 온갖 치욕을 견디며 학교생활을 해나갔다.

카스가가 가끔 내 책상의 낙서를 몰래 지워주거나 버려진 소지품을 슬그머니 주워서 제자리에 돌려놓는다는 사실은 알고 있었다. 그 배려에 나는 아무 말도 하지 못했다.

한편 나루세는 이따금 눈이 마주치면 겸연쩍은 표정을 지었다. 그럴 때마다 나는 왠지 미안한 듯한 미묘한 기분을 맛보았다.

그렇게 내가 다시 학교생활을 시작한 사이, 누나는 마침내 결혼하기로 결심한 모양이었다. 시댁에도 조만간 정식으로 인사드리러 갈 예정이라고 했다.

"누나, 10만 엔만 빌려줘."

밤에 같이 TV를 보다가 불쑥 말하자, 누나가 성질을 냈다.

"뭐? 죽을래?"

"미안, 농담이었어."

"뭐야, 누군가한테 주면 뭔가 달라지기라도 해?"

"딱히 달라질 건 없어."

"너 진짜 짜증 나."

TV 화면 속에서는 개그맨이 일반인을 아마추어라고 부르며 놀림감으로 삼아 웃음을 유발하는 중이었다.

[카스가: 어디야?]

무심코 휴대폰으로 시선을 향하자, 카스가가 조금 전에 보낸 라인이 눈에 들어왔다. 어쩐지 걱정이 되었다.

[카스가: 아오키, 지금 시간 있어?]
[나: TV 보는데]

곧바로 읽음 표시가 생겨났지만 대답이 없었다. 불평이라도 한마디 해줄까 했을 때, 답장이 왔다.

[카스가: 알았어]

"누나, 나 잠깐 친구랑 놀다 올게."
내 말에 누나의 눈이 휘둥그레지더니, 마치 귀신이라도 보는 듯한 눈으로 나를 응시했다.
"나오토, 너 얼굴이 꼭 죽으러 가는 사람 같아."
"그냥 좀 졸린 것뿐이야."
집 밖으로 나와서 라인으로 카스가에게 어디 있느냐고 물었다.

[카스가: 맥도날드 2층에 있어]

2층 창가에 있다고 한 카스가의 뒷모습은 바로 눈에 띄었다. 낯익은 옷, 같이 사러 갔던 옷을 입고 있었다.

그쪽으로 다가가자, 말을 걸기도 전에 카스가가 먼저 “늦었잖아.”라고 했다. 밤이라 내 모습이 유리창에 비쳐보였음을 뒤늦게야 깨달았다.

“왠지 집에 들어가기 싫어서. 아오키, 아침까지 같이 있어주지 않을래?”

뭐야, 막차 놓친 여자 흉내야? 그렇게 딴죽을 걸려고 했지만, 나를 돌아본 카스가의 얼굴이 심상치 않았던 탓에 그만 반사적으로 나직한 비명을 지르고 말았다.

“헉!”

“뭐야, 그렇게 심각해?”

카스가의 얼굴에는 시커먼 낙서가 가득했다. 보아하니 유성 매직으로 그린 것 같았다. 까만 매직으로 눈 주위를 칠하고 입가에는 수염을 그려놓았다. 꼭 교과서 속 위인 같았다.

“누가 이랬어?”

“소야마.”

속이 부글부글 끓어올랐다.

“내가 잘못을 좀 했나 봐. 실수를 하는 바람에 소야마가 짜증이 난 모양이야. 벌칙이래.”

“그거, 정말 네가 잘못한 게 맞아?”

“……모르겠어.”

자세히 보았다. 앞머리를 들춰보니 이마에도 「저는 바보입니다」라고 쓰여 있었다.

"오케이, 죽여 버리자."

나는 소야마네 집으로 쳐들어가려고 했다. 그런 내 팔을 카스가가 붙들었다.

"무모한 짓은 이제 됐어."

"그래도……."

"그런다고 해결될 일도 아니잖아."

난처한 기색으로 카스가가 지적했고, 나 역시 맞는 말이라고 수긍하고 말았다.

"그보다 이 얼굴을 보면 엄마가 걱정할 테니까. ……그러니까 못 들어가."

어떡하지? 라는 카스가의 말에 나도 그만 막막해지고 말았다.

우선 만화 카페에 가보았다.

"저기, 죄송하지만 신분증을 보여주셔야 하는데요……."

점원의 말에 카스가와 얼굴을 마주보았다.

"아, 나한테 있어."

카스가는 그렇게 말하며 가방에서 학생수첩을 꺼냈고, "죄송하지만 미성년자는 곤란합니다."라고 거절당하고 말았다. 바보냐.

"하여튼 각박한 세상이라니까! 미성년자는 대체 어디로 가라는 거냐고!"

열 받았는지, 카스가는 한동안 혼자 투덜투덜 청소년 보호법에 대한 불평을 늘어놓았다. 딱히 갈 곳도 없고 해서 우리는 번화가 근처에 있는 강가를 정처 없이 걸었다.

사방이 깜깜한 데다 네온사인 불빛도 멀어져, 상대방의 얼굴은 보이지 않았다.

"미안해, 아오키."

"사과할 거 없어."

왜냐하면 그 얼굴, 나 때문이잖아.

둘이서 묵묵히 걸었다. 인기척이라고는 느껴지지 않았고, 조용하고 어두웠다.

"내가 틀린 거 아니지?"

등 뒤에서 살짝 울음 섞인 카스가의 목소리가 들려왔다.

어떤 말을 건네야 좋을지 알 수 없었다.

둘 다 침묵하자, 그 후에는 카스가가 코를 훌쩍이는 소리만이 강가에 희미하게 울려 퍼졌다. 참으로 우울한 BGM이었다.

그러는 사이 점점 마음이 불편해져, 나는 빙글 몸을 돌렸다.

"있잖아."

카스가는 어리둥절한 기색으로 걸음을 멈추고, 그저 "응?" 하고만 되물었다.

"카스가 넌 충분히 예뻐."

왜 이렇게 꺼내기 힘든 이야기조차도 직접 말로 하지 않으면 전해지지 않는 걸까?

"또 그렇게 마음에도 없는 소리를……."

"있어, 마음."

"하지만……."

나는 카스가를 가만히 응시했다.

"예뻐졌다니까. 자신을 가져."

항의하듯 나를 노려보던 카스가의 험악한 얼굴이 이윽고 부드럽게 풀어졌다.

"그래?"

카스가의 얼굴에 매직으로 그려진 수염을 보며, 내심 역시 바보 같다고 생각하기는 했지만 말이다.

"있잖아, 카스가."

나는 마음을 정했다. 결정은 이미 내렸고, 이제 실행에 옮기는 일만 남았다고 생각했다.

"나 학교 그만두려고."

"그만두고 어쩌게?"

카스가의 눈빛이 걱정스럽게 흔들렸다.

"일단 그만둔다는 것만 정했어. 그러니까 더는 걱정 안 해도 돼."

"걱정하는 게 당연하잖아."

"괜찮아. 이미 결심했으니까."

한 번 전부 리셋하고 싶었다.

어차피 이 상태로 평범하게 학교생활을 하기는 불가능하리라는 생각이 들었다.

그만두기로 결심하자 갑자기 마음이 편해졌다.

그러면서도 한편으로는 아직 처리하지 못한 일이 남아 있다는 생각도 들었다.

“그러니까 카스가 넌 아무것도 걱정할 필요 없어.”

결국 밤이 깊어 식구들이 모두 잠자리에 들 때까지 둘이 함께 있다가, 카스가네 집 앞에서 헤어졌다.

지친 몸으로 집에 돌아오니 책상 위에 10만 엔이 놓여 있었다.

무슨 말이든 해야겠다고 생각했지만 누나 방 앞에 서자 이미 잠든 기색이 전해져 와서, 나는 끝내 아무 말도 하지 못했다.

학교에서는 나루세에게 말을 걸기 어렵다 보니 라인으로만 대화하는 날이 이어졌다.

아침에 일어나니 나루세가 보낸 메시지가 와 있었다.

잠결에 아침 햇살보다도 휴대폰 화면의 빛을 먼저 눈에 담았다.

[나루세: 고민돼. 잠이 안 와]

새벽 두 시. 나루세가 이 메시지를 보냈을 무렵, 나는 쿨쿨 자는 중이었다.

[나: 난 내가 완전히 글러먹은 인간이란 걸 깨달았어]

곧바로 읽음 표시가 생겨났다.

[나루세: 그래서 뭐?]

[나: 곰곰이 생각해보니 난 너에 대해 아무것도 아는 게 없어]

[나: 그렇게나 많이 이야기했는데, 아무것도]

[나루세: 나도 아오키 널 모르기는 마찬가지야]

[나: 소야마의 어디가 좋았어?]

[나루세: 글쎄……]

[나루세: 아마]

[나루세: 아오키 네 식으로 표현하면, 포인트가 높다는 점 아니었을까?]

[나: 뭔가 복잡한데? 내 포인트가 적당해서 좋았다고 하지 않았어?]

[나루세: 아니, 간단해]

계속 나루세와 라인을 주고받고 싶었지만, 나는 일단 침대에서 몸을 일으켰다.

[나: 이따가 또 얘기하자]

집을 나설 때, 엄마가 "너무 무리할 거 없어."라고 말했다. 그 말에 나는 아무런 대답도 하지 않았다.

[나루세: 아침은 싫어. 졸려]

[나: 나 학교 그만둘지도 몰라]

[나루세: 정말?]

그대로 등굣길에 올랐다.

교실 앞에 도착해서 조용히 심호흡을 했다. 그리고 안으로 발을 들여놓았다.

교실로 들어서자 다른 아이들이 무표정한 얼굴로 나를 돌아보았다. 벌레라도 보는 듯한 눈빛이었다.

내 자리로 가서 앉았다. 책상이 있는 것만 해도 어디냐 싶었다.

수업은 막힘없이 진행되었고, 이윽고 돌아온 점심시간에 나는 소야마에게 말을 걸었다. 교실 맨 뒤에 친한 아이들과 무리지어 앉아 있는 소야마에게 말을 거는 데는 나름대로 용기가 필요했다.

"잠깐 시간 좀 내줄래?"

"싫은데?"

소야마는 능글맞게 웃으며 나를 보았다.

"뭔데 그래?"

말은 그렇게 하면서도 소야마는 나를 따라왔다.

아무도 보지 않는 곳에서 이야기하고 싶었다.

둘이서 교문 밖으로 나와 길을 걷다가, 학교 옆에 있는 근처 공원으로 들어갔다.

"용건이 뭐야?"

"소야마."

목소리가 떨리면 꼴사나울 것 같아, 최대한 낮게 깔려고 애썼다.

"카스가를 괴롭히지 마."

"내가 왜 네 명령을 들어야 하는데?"

소야마는 웃으며 휴대폰을 만지작거리기 시작했다.

공원의 나무들이 쏴아아 흔들리는 소리가 들려왔다.

"무릎이라도 꿇을까?"

"에이, 그건 재미없지. 네 싸구려 애걸 따위 필요 없어."

"그럼 어쩌라고?"

"뭐 재미난 거 없나?"

소야마가 주위를 두리번거리기 시작했다.

"좋아, 저걸로 하자."

그렇게 말하며 소야마는 공원 한쪽 구석에 있는 연못을 가리켰다.

"오후 수업, 쫄딱 젖은 채로 들으면 네 부탁을 들어주지."

어안이 벙벙해져서 쳐다보는 사이, 소야마가 실실 웃으며 덧붙였다.

"자, 얼른."

소야마는 손뼉을 치며 나를 재촉했다.

신물이 났다.

나는 점프해서 연못으로 풍덩 뛰어들었다. 물보라가 일어나며 "윽, 더러워." 소야마의 바지를 살짝 적셨다.

연못 바닥에 한쪽 무릎을 꿇은 채, 나는 아래쪽에서 가만히 소야마를 노려보았다.

"약속은 지켜라, 소야마."

"그거야 내 마음이지."

소야마는 나를 내버려두고 먼저 교실로 돌아갔다.

5교시가 시작되었다. "왜 저래?"라고 수군거리는 소리가 교실을 가득 채웠고, 내 셔츠에서는 물방울이 뚝뚝 떨어졌다.

"아오키, 그 꼴은 뭐냐?"

사회 교사가 나를 보고 황당한 기색으로 물었다.

"점심시간에 연못에서 헤엄쳤거든요."

"……보건실에 가서 옷 갈아입고 와."

"싫은데요."

교사가 내 자리 앞으로 다가오더니, 진심으로 성가시다는 눈빛으로 나를 보았다.

"까불지 마라, 아오키."

"까부는 거 아닌데요."

"됐으니까 교실에서 나가. 어서."

"싫습니다."

그러자 교사가 내 옆구리를 잡고 억지로 일으켜 세우려고 했기에, 책상을 붙들고 저항했다.

교사는 얼굴이 새빨개져서 나를 일으켜 세우려 했지만, 원래부터 열정적인 타입은 아니라서 그런지 금방 포기했다.

"좋아, 마음대로 해라. 난 이제 모른다. 다만 오늘 수업은 결석 처리할 테니 그렇게 알아라. 너 같은 놈에게 인권은 없어. 그러니 여기 존재하지 않는 걸로 치겠다."

하지만 이미 내게 출석 따위는 아무런 의미도 없었으므로, "그러세요."라고만 대답했다.

방과 후에 소야마가 불러서 학교 뒤편으로 갔다.

바로 옆이 운동장이어서 운동부원들이 동아리 활동을 준비하는 소리가 들려왔다. 그리고 그쪽에서 이따금 우리를 흘끔거리는 시선이 느껴졌다.

"이제 됐지?"

내 말에 소야마가 피식 웃었다.

"정말 할 줄이야. 진짜 웃겼어."

축축한 셔츠가 거슬려서 나는 옷을 벗었다. 벗은 셔츠를 비틀어 짜자 물이 흘러내려 바닥을 적셨다.

"카스가한테도 이쪽으로 오라고 했어. 겸사겸사 나루세도 불렀고."

카스가가 현관 밖으로 나왔다. 어두운 표정이었다. 다만 나루세의 모습은 눈에 띄지 않았다.

"본인이 결정하게 하자고. 저것 봐, 카스가. 어때, 한심하지?"

소야마는 삐딱한 미소를 지으며 카스가 쪽으로 돌아섰다.

"아오키가 이제 너하고 만나지 말라는데, 그래도 괜찮겠어?"

카스가는 그 질문에 대답하는 대신, 소야마에게 되물었다.

"……아까 아오키가 젖어서 들어온 거, 소야마 너 때문이야?"

"그래."

"왜 그랬어?"

"왜냐고? 글쎄, 왜일까?"

소야마는 연기하듯 과장스럽게 턱에 손을 얹고 생각에 잠긴 표정을 지어 보였다.

"이런 일에 의미 같은 건 없다고 봐."

정답이 떠올랐다는 듯 상쾌한 얼굴로 소야마가 말했다.

"설령 내가 이 학교에 없었다 해도 다른 누군가가 똑같은 짓을 했을걸? 그러니까 내 잘못이 아냐."

그 주장에도 일리는 있을지 모른다. 소야마는 딱히 틀린 말은 하지 않았다.

“그냥 아오키가 눈엣가시였으니까. 그게 다야. 다들 그렇게 생각하니까, 학급 전체의 민심을 대변한 것뿐이라고. 그러니까 내 잘못은 아니지. 실제로 불만을 표한 사람은 아무도 없잖아? 그런 분위기를 조성한 건 나일지도 모르지만, 시기의 차이일 뿐 어차피 조만간 그렇게 됐을 거야. 왜냐하면 그게 암묵적인 규칙이니까. 누구 잘못이 가장 크냐고 묻는다면, 난 역시 아오키라고 봐. 세상에는 질서라는 게 있는 법이잖아? 그건 곧 자기 위치에 맞는 행동을 해야 한다는 규칙이라고. 그러니까 뭔가 착각해서, 해서는 안 될 말이나 해서는 안 될 행동을 하는 사람은 벌을 받아야 마땅해. 나한테 시건방진 소리를 한다던가, 코코아랑 사귀려 한다던가. 그런 건 아오키 같은 인간한테는 주제넘은 짓이라니까?”

설명을 마친 소야마는 도로 따분한 표정으로 돌아와서 “슬슬 동아리 활동 할 시간이라서 난 이제 가봐야 돼.”라고 통보했다.

“아, 그리고 네 노트 말인데, 그거 내가 한 짓이야.”

떠나려던 소야마가 별일 아니라는 듯 불쑥 말했다.

“뭐? 어…… 아니, 왜?”

“말했잖아. 왜냐는 질문, 성가시다고.”

소야마는 깔보듯 나를 보고 웃더니, “그럼 이제 볼일은 끝났지?” 하고 확인조로 내게 물었다.

“야, 잠깐만.”

몸을 돌리려는 소야마의 팔을 움켜잡은 순간, 소야마가 내 손을 뿌리치고 다리를 걸어 나를 바닥에 쓰러뜨렸다. 그리고 위에서 내게 퍽퍽 발길질을 했다. 통각이 마비되었는지, 세게 걷어차는데도 아프지 않았다.

"이게 지금의 네 위치야."

그때 카스가가 옆에 있는 수도꼭지를 힘껏 틀었다. 소야마와 나는 깜짝 놀라 그쪽으로 시선을 돌렸다. 카스가는 근처에 있던 양동이에 넘실거리도록 물을 받았다.

그리고 양동이를 들고 이쪽을 보았다. 카스가는 그 상태로 가쁜 숨을 들이쉬었다가 내쉬기를 반복했다. 그러다가 마침내 물이 담긴 양동이를 높이 치켜들더니…… 그대로 자기 머리 위에 쏟아 부었다.

카스가는 흠뻑 젖은 채로 우두커니 서 있었다.

"……뭐야? 대체 뭐하자는 건데?"

소야마는 쓴웃음을 지으며 카스가에게 물었다.

"가자, 아오키."

카스가는 내 손을 잡고 우격다짐으로 나를 일으켜 세웠다.

"그래. 그렇게 불쌍한 약자들끼리 놀라고. 알겠어?"

"불쌍한 사람은 소야마 너야."

나루세의 목소리가 들려왔다.

소야마 뒤쪽에 있는 건물 기둥에 기대어 이쪽을 보고 있었다. 언제부터 지켜보고 있었는지는 모르겠다.

소야마가 고개를 돌려 나루세를 노려보았다.

"그딴 식으로 함부로 입을 놀려도 돼? 그게 교내 방송으로 흘러 나와도 난 책임 못 진다?"

소야마의 말에 나루세는 침묵했다.

"나루세, 물 부어. 아까처럼 저 양동이로, 네가 아오키한테. 그럼 아까 그 말, 못 들은 걸로 해줄 테니까. 자, 어서."

그러자 신기하게도 나루세는 최면술에 걸린 것처럼 몸을 움직여 수도꼭지를 틀고 양동이에 물을 받기 시작했다. 정적이 흐르는 가운데 양동이에 물 따르는 소리만이 울려 퍼졌다.

잠시 후 나루세는 물이 출렁이는 그 양동이를 얼굴 높이로 들고, 내 앞에 섰다.

"괜찮아, 나루세."

나는 달게 받아들일 작정이었다.

"부어."

나루세의 얼굴이 확 일그러졌다.

그리고 나루세는 양동이에 담긴 물을 끼얹었다.

……소야마에게.

물벼락을 맞은 소야마가 위협적인 목소리로 나루세에게 말했다.

"너 이러면 어떻게 될지 몰라서 이래?"

"상관없어."

"손해 보는 사람은 너야."

"하지만 인생이란 손익만 따지면서 살 수 있을 만큼 녹록하지 않으니까. 갑자기 그런 생각이 들었거든."

그리고 나루세는 내 손을 잡았다.

"가자."

뒤이어 카스가도 내 팔을 잡아끌며 달리기 시작했다.

교문을 나선 후에도 카스가는 뭔가를 떨쳐내려는 듯 계속 달렸다.

"야, 카스가."

뛰다 보니 힘들어서, 나는 카스가를 제지했다.

"카스가, 좀 멈춰봐."

그러자 액셀에서 발을 뗀 자동차처럼 카스가의 다리는 차츰 힘을 잃어갔고, 이윽고 멈췄다. 그래서 나루세와 나도 걸음을 멈추었다. 셋이서 햇살을 받으며 인도 옆에 선 채로 이야기를 나누었다.

"나, 사실은……."

카스가는 속상하다는 표정으로 말했다.

"소야마한테 끼얹을 생각이었는데, 못 했어."

내가 카스가 입장이었더라면 할 수 있었을까? 잠시 상상해보았다.

"그래도 난 속 시원했어."

나루세의 말에 아까 있었던 일이 떠올랐는지, 카스가가 키득 웃었다.

"내일부터 학교에서 어떡하지?"

아하하 웃던 카스가가 별안간 시무룩한 표정이 되어 머리를 쥐어뜯었다.

"아참, 나루세. 한 가지 궁금한 게 있는데……."

본인의 운명보다도 그쪽이 더 마음에 걸린다는 느낌으로 카스가가 물었다.

"아까 소야마가 한 말 있잖아. 그거 무슨 뜻이야? 협박이라도 당하는 거야?"

"어…… 궁금해?"

"말하기 싫으면……."

"말하기 싫지만 말하고 싶으니까 말할래."

나루세는 양손으로 얼굴을 감쌌다.

"……역시 말하기 싫어."

그리고 힘없이 쪼그려 앉아 한숨을 쉬었다.

나도 같이 쪼그리고 앉아서 나루세의 손을 치웠다.

"말해줘."

"말하면 아오키 네가 날 싫어하게 될 거야."

"안 그래."

"나도 안 그런다고 해놓고 싫어하게 됐잖아."

"지금도 싫어?"

"지금은 아니야."

"그럼 괜찮잖아."

"동영상, 찍혔어."

"……………………………………………………………………………………."

"동영상."

"동영상이라면, 설마……."

"응, 그거."

"그 말은, 그러니까……."

"인터넷에 올려버리겠다고 협박하더라고. 그래서 아오키 네 노트를 뺏긴 거야."

나는 생각했다. 어떻게든 해야 한다고. 하지만 뭔가 잘못된 선택을 했다가는 그 끝은 지옥일 것 같은 예감이 들었다.

"어쩌지? 미안."

나루세 잘못이 아니잖아.

"미안해, 이상적인 여자애가 되지 못해서."

생각했다.

"xvideos에 올릴 거라고 했어."

열 받았다.

제10화

떨리는 목소리로 말했다.

"내가 어떻게든 해볼게."

"아오키 넌 그냥 가만히 있어."

그런 말을 들어야 하는 내 처지가 서글펐다.

잠시 생각한 끝에 휴대폰을 꺼냈다.

그리고 소야마에게 전화를 걸었다.

"소야마, 미안."

"뭐야? 이제 와서."

"사과하고 싶어서."

내 말에 카스가와 나루세가 놀란 표정을 지었다.

"성의가 안 느껴지는데?"

"잠깐만."

나는 나루세와 카스가를 남겨두고 골목 안쪽으로 들어가서 계속 소야마와 통화를 했다.

"10만 엔 있어."

"그래서? 줄 거야, 말 거야?"

"너희 집으로 전해주러 가도 돼?"

"지금 밖이라서. 이쪽으로 와주는 게 더 편하겠는데."

"좋아. 어디로 가면 돼? 되도록 남의 눈에 띄지 않는 곳이면 좋겠어. 다른 사람이 있으면 좀 그러니까."

"알았어, 그럼 공원으로 와."

"그래."

전화를 끊고 일단 집으로 돌아갔다.

부엌에서 식칼을 챙겼다. 식구들이 집에 없어서 다행이었다.

시험 삼아 냉장고에서 무를 꺼내 썰어보았다. 도마 소리를 내며 숭덩숭덩 잘랐다. 생각보다 힘이 필요하다는 사실을 깨달았다.

쉽게 꺼낼 수 있도록 작은 힙색에 식칼을 넣고 집을 나섰다.

공원으로 가니 소야마가 있었다. 나를 본 소야마는 다짜고짜 "반성은 좀 했어?"라고 물었다.

"여기 10만 엔 가져왔어."

나는 호주머니에서 봉투를 꺼내 내용물을 보여주었다.

"혹시 맨 윗장만 만 엔짜리고 나머지는 백지 아냐?"

"그딴 장난 안 쳐." 팔랑팔랑 넘기며 보여주었다.

"소야마, 진짜 혼자 온 거 맞지?"

"당연하지. 일행이 있으면 나중에 한 턱 내야 되잖아. 성가시다고."

소야마는 태연한 얼굴로 그렇게 설명했다.

"이걸 주는 대신, 조건이 하나 있어."

내 말에 소야마가 풉 웃음을 터뜨렸다.
"협상하자는 거야? 재밌네."
"나루세 영상, 지워줘."
"아하, 이야기했구나."
소야마는 웃으며 휴대폰을 꺼내들고 파일을 찾는 것처럼 손가락을 움직였다.
"착각할까봐 말해두는데 이건 질투나 미련이 아냐. 그냥 아오키 네가 나루세를 좋아하니 마니 하는 게 역겨워서 용납할 수 없을 뿐이지."
"알아."
"난 주제 파악을 못하는 인간이 싫거든. 넌 네 역할에 불성실해서 괴롭힘을 당하는 거라고. 우리는 그저 성실한 것뿐이야. 한마디로 다들 더 열심히, 성실하게 살고 있는 거라고. 아오키 너보다 훨씬 더."
말을 마친 소야마가 덧붙였다.
"맞다, 지우기 전에 너도 좀 볼래?"
"됐어."
신기하게도 머릿속은 점점 더 냉정해져갔다.
옛날부터 이따위 촌극도, 내 인생도 빨리 막을 내렸으면 좋겠다고 생각해왔다.
그러니 좋은 기회라고 생각했다.
"자, 그럼 지우는 거 보여줄게."

소야마는 내게 휴대폰 화면을 보여주며 삭제 버튼을 눌렀다.

"이제 됐지?"

"그래."

나는 10만 엔이 든 봉투를 건네주었다.

소야마는 은행원처럼 지폐를 부채꼴로 펼쳐들고 한 장씩 세어 보더니, "정확하네."라며 봉투를 호주머니에 집어넣었다.

"근데 사실은……."

소야마는 유쾌한 기색으로 웃었다.

"집 컴퓨터에다 동영상 백업해놨거든."

기다려. 아직이야. 나는 나 자신을 타일렀다.

완벽한 타이밍이 이제 곧 찾아올 테니까.

오락실에서 소야마와 게임을 했을 때의 기억이 뇌리를 스쳐갔다. 소야마가 게임기 레버에서 손을 뗐을 때처럼 방심하는 순간이 오기를 기다렸다.

"잘 쓰마."

소야마가 빙글 몸을 돌린 순간, 서둘러 그 등에 식칼을 겨누었다.

그리고 칼끝에 힘을 주며 말했다.

"너희 집까지 가자고."

아마도 처음으로 소야마는 다소 초조한 기색을 드러냈다.

"너 이게 미친 짓인 거 알지?"

소야마의 말이 이제는 돌이킬 수 없다고 경고하는 것처럼 느껴졌다.

그래도 상관없다고 생각했다.

굿바이, 인생.

그러나 소야마는 여전히 여유로운 분위기를 풍겼고, 내 쪽이 오히려 내심 여유가 없었다.

"아오키, 너 나중에 죽을 줄 알아."

걸어가면서 카스가에게 [소야마네 집으로 와]라고 라인을 보냈다.

"근데 아오키, 너 진짜로 찌를 수는 있냐?"

모르겠지만, 소야마가 죽으면 일단 동영상이 유출될 일은 없으리라는 생각이 들었다.

입고 온 웃옷으로 식칼을 가리며 걸어서 소야마네 집으로 향했다.

집 안으로 들어가서 계단을 올라 소야마 방으로 들어섰다.

소야마네 부모님은 오늘도 안 계셨다.

"이게 다야?"

소야마가 노트북과 외장하드를 꺼내놓았지만, 그게 끝이 아닐 것 같은 느낌이 들었다.

"더 있지?"

칼끝을 소야마에게 겨눈 채 방 안을 둘러보았다. 소야마가 체념한 기색으로 책상 서랍에서 DVD를 꺼냈다.

"이제 진짜 없다고."

"전부 다 집어넣어. 싸구려 가방 같은 데다가."

소야마가 혀를 차며 천으로 된 토트백에 노트북과 저장장치를 담았다.

"이리 줘."

내가 지금 뭘 하는 건가 싶었다.

넘겨받은 가방을 들고 말했다.

"10만 엔도 내놔."

그러자 소야마는 체념한 기색으로 봉투를 건네주었다.

"아오키. 나 이번 일 나중에 사람들한테 말할 거다."

"마음대로 해."

"사실은 네가 우리 집에서 노트북을 훔쳤다. 식칼로 위협해서. 그게 다야."

"마음대로 하라는 말 못 들었어?"

그때 소야마네 집 초인종이 울렸다.

"어이쿠, 우리 엄마아빠가 오셨나 본데?"

소야마는 실실 웃으며 말했지만, 어쩐지 거짓말처럼 들렸다.

아마 카스가겠지.

아무런 반응도 보이지 않고 한동안 조용히 기다렸다.

심장이 터질 듯 뛰었다. 조금만 진정해주면 좋으련만.

계단을 올라온 발소리가 우리가 있는 방 쪽으로 다가왔다. 만약 소야마네 부모님이라면 게임오버다.

"뭐해? 아오키."

이윽고 모습을 드러낸 사람은 역시나 카스가였다. 옷이 젖어서 갈아입은 모양인데, 여벌옷이 그것밖에 없었는지 위아래 다 추리

닝 차림이었다. 나는 무표정한 얼굴로 내심 안도의 한숨을 쉬었다.

"이거, 가지고 나가."

가방을 건네주자 카스가가 당황한 표정을 지었다.

"뭐하는 거야?"

카스가는 화난 기색으로 말했다.

"아오키, 인생을 마감할 작정이야?"

"줄곧 그러고 싶었어."

나는 솔직하게 대답했다.

그 순간, 내 손에서 식칼이 빠져나갔다.

소야마였다.

내게서 식칼을 빼앗은 소야마는 그 손잡이로 나를 후려쳤다.

한순간 의식이 날아갔지만, 뒤이은 구타의 충격으로 시야가 회복되었다.

귀울림이 심했다.

카스가가 뭔가 부르짖었다. 들리지 않았다.

수없이 맞고 차였고, 나도 반격을 가해서 격렬한 몸싸움이 벌어졌다.

그러자 소야마가 내 머리 옆에 식칼을 들이대고 말했다.

"너처럼 아무짝에도 쓸모없는 버러지는 그냥 뒈져버리는 게 나아."

소야마 뒤에서 카스가가 방 한쪽에 있던 텔레캐스터 기타를 높이 치켜드는 모습이 보였다.

풀스윙으로 소야마의 정수리를 내리쳤다.

소야마가 눈을 까뒤집고 나가떨어졌다.

나는 식칼을 빼앗아들었다.

소야마를 보았다.

머리를 감싼 채 웅크리고 있는 모습에 찬스라고 생각했다.

마침내 골인이다.

식칼을 치켜들었다.

소야마를 향해 내리꽂으려 한 식칼을 카스가가 맨손으로 잡았다.

그 손에서 피가 흘러내렸다.

"안 돼."

그 말에 나는 힘이 쭉 빠지고 말았다.

그 후 나는 심야의 공원으로 나루세를 불러냈다. 그리고 카스가까지 셋이서 소야마의 노트북 박살내기 페스티벌을 개최했다.

소야마의 텔레캐스터로 돌아가며 노트북을 쾅쾅 내리쳐 때려 부쉈다.

"수박 깨기 하는 거 같아. 재밌네."

나루세는 웃으며 그렇게 말했다.

"운이 좋았지."

카스가가 불현듯 어두운 목소리로 중얼거렸다. 나 역시 동감이었다.

뭔가의 타이밍, 예를 들어 걸을 때의 보폭만 조금 달라졌어도 지금하고는 전혀 다른 상황이 벌어졌을 거라는 생각이 들었다.

한 치만 어긋났어도 나는 지금쯤 멍석에 둘둘 말려 강 밑바닥에 수장되어 있었을지 모른다. 아니면 살인범이 되어 A군이라 불리며 방송을 타는 신세가 됐을 테니, 이 정도면 천만다행이라고 할 수 있었다.

"결국 포인트란 뭐였던 거야?"

카스가가 나를 보며 물었다.

어려운 문제였다.

다만 한 가지 확실한 점은 포인트란 남들에게 인정받는 가치이며, 그렇게 「많은 사람들에게 그 가치를 인정받는 장점」이란 얼마든지 교환 가능하다는 것이다.

개인의 구성 요소를 분해해서 플러스 요소와 마이너스 요소를 따져보는 행위는 사람을 그렇게 누가 됐든 상관없는 존재로 변질시키고 만다.

그런 시선으로 사람을 바라보면, 사람은 순식간에 물건으로 변해버린다.

하지만 사실은 그렇게 간단하지 않다.

이래저래 복잡하다.

예를 들면 어떤 사람 안에는 오로지 나에게만 가치를 지니는 부분이 있다.

누군가를 특별하게 여긴다거나 누군가에게 특별한 존재가 된다는 것은 틀림없이 그런 의미일 테지.

"이 세상이 만약 우리에게 포인트를 매긴다면, 난 절대로 거기에 따르지 않을 거야."

나는 텔레캐스터로 노트북을 내리찍었다.

"난 포인트로 환산할 수 없는 무언가를 믿으니까."

"미안, 왠지 웃겨."

내 이야기를 듣던 카스가가 쓴웃음을 지었다.

"왜냐면 그거, 너무 당연한 소리잖아."

"……하긴."

"그렇게 간단한 걸 몰라서 이토록 지독하게 상처 입어야 했단 말이야?"

그 지적에 어쩐지 나까지 웃음이 나려고 했다.

"그래도 이젠 쓸데없이 방황하지 않을 거야."

"그럼 고민한 보람이 있었는지도 모르겠네."

내게서 기타를 넘겨받은 카스가는 뭔가 쓸 만한 대사가 없나 궁리하는 기색이더니, 이윽고 큰 소리로 외쳤다.

"잘 가라, xvideos!"

그리고 노트북을 산산조각으로 부셔버렸다.

그 후 수중에는 10만 엔이 남았다.

이튿날, 나는 영업 마감을 앞둔 집 근처 꽃가게로 들어갔다.

"장미 꽃다발 주세요."

몇 송이 필요하시냐고 묻길래 있는 거 다요, 라고 대답했다.

며칠이 지나 택배가 도착했다. 눈치 빠른 누나는 배달되어 온

꽃다발을 보자마자 그 정체를 깨달았는지, "근데 이거 내 돈이잖아. 까불지 마."라고 했다.

그리고 내게 꿀밤을 먹이고는 고맙다며 웃었다.

결국 나는 자퇴하지 않았다.

그렇다고 딱히 뭔가 극적인 변화가 일어난 것은 아니었다. 나는 여전히 괴롭힘을 당했지만, 그저 견디기만 했을 뿐 아무것도 바꿔놓지 못했다.

단지 일 년이 흘러갔을 따름이었다.

1학년을 마치고 2학년이 되어 반이 바뀐 덕분에 여러모로 조금은 누그러들었다고 생각했다.

다 착각이었지만 말이다.

나루세하고는 반이 갈렸다. 카스가와 나만 같은 반이었다. 소야마도 다른 반이 되었다.

그날 이후로 우리는 종종 셋이 어울려 놀게 되었다. 시시한 장난을 치며 셋이 함께 노는 게 마음 편했다. 그렇게 돌아가며 서로의 방을 오가다가, 내 방에서 놀고 있을 때.

나는 문득 생각했다.

계속 이렇게 지낼 수 있으면 좋겠다고.

쭉 셋이 함께 있을 수 있다면, 남들에게 정확하게 설명하기 힘든 이 느낌이 계속 이어졌으면 좋겠다고 생각했다.

"지금의 우리는 뭔가 알 수 없는 관계지만……."

나루세가 우산의 물방울을 물웅덩이로 툭 떨어뜨리듯 말했다.
"뭐가 뭔지 몰라도 즐겁다는 건 틀림없이 귀중한 기적일 거야."

그날은 소풍날로, 장소는 제법 험한 산이었다. 남자인 나도 오르기가 벅찼다.

얼마 못가 카스가가 뒤쳐지기 시작했다.

"잠깐 기다려봐. 가서 보고 올게."

옆에 있던 아이에게 그렇게 일러두고 나는 왔던 길을 되돌아갔다.

백 미터쯤 걸었을까. 아이들이 모여 있는 쪽에서 "먼저 갈게." 라고 외치는 소리가 들려왔다.

때마침 역광이어서, 그렇게 말한 사람이 누구인지는 확인할 수 없었다.

"바로 앞 갈림길에서 오른쪽으로 꺾고, 그다음에는 쭉 직진하면 돼."

그 누군가가 말했다.

"고마워."

"있잖아."

"응?"

뭐지? 나는 얼빠진 목소리로 대꾸했다.

"여태까지 있었던 일, 네 잘못이 가장 커."

그 말을 한 사람이 누구인지는 끝까지 알 수 없었다. 그저 검은 그림자가 보일 뿐이었다.

그 후에 카스가가 있는 곳까지 내려가서 상태를 살폈다.

"살짝 까졌어."

무릎에서 피가 나는 게 보였다. 집에서 반창고를 챙겨 왔다고 하기에 배낭에서 꺼내 무릎에 붙여주었다.

고개를 드니 일행의 모습은 이미 사라진 후였다.

산을 오르다 보니 이윽고 아까 알려준 갈림길이 나타났다.

"여기서 오른쪽으로 가래."

"진짜?"

그 황량한 길을 쭉 직진했다. 하지만 아무리 걸어도 다른 일행들의 모습은 보이지 않았다.

한 시간 남짓 걸은 후에야 뭔가 잘못됐다는 사실을 깨달았다.

아까부터 단 한 명도 스쳐지나가는 사람이 없었다. 이 길에는 우리 말고는 아무도 없었다.

"아오키, 우리 길 잃어버린 거 아니야?"

"……그런가 본데."

걸음을 멈추고 소풍 안내문에 그려진 지도를 보았다. 하지만 우리가 지금 어디쯤에 있는지 감이 잡히지 않았다.

"왔던 길로 되돌아갈까?"

"피곤해."

카스가는 옆에 있는 커다란 바위에 털썩 주저앉았다.

"휴대폰 지도를 보면 어때?"

"신호가 안 잡혀."

"배고프다."

둘이서 주먹밥을 먹으며 한숨 돌렸다.

"혹시 일부러 틀리게 가르쳐준 거 아니야?"

"그럴지도 몰라."

냉정하게 생각해보니 그런 것 같은 느낌이 들었다.

"조난당했네."

"호들갑은."

"되돌아가는 게 안전하겠어. ……우리가 온 길, 기억해?"

"카스가 넌?"

"난 방향치야. 뭐야, 설마……?"

"아냐, 괜찮을 거야. 걱정 마."

왔던 길로 되돌아가려 했지만, 생각보다 갈림길이 많아서 갈팡질팡했다.

"어느 쪽 같아?"

갈림길에서 카스가가 물었다.

"이쪽."

내가 오른쪽을 가리키자, 카스가의 손가락은 반대편을 가리켰다.

그런 엇갈림을 몇 번 되풀이하는 사이, 우리는 마침내 완전히 길을 잃었음을 깨달았다.

"큰일이네."

"그러게."

저녁에서 밤이 되었다.

카스가가 체념한 기색으로 걸음을 멈추더니, 냉정한 목소리로 말했다.

"더 이상 움직이지 않는 편이 나을 거 같아."

"뭐? 그럼……."

여태까지는 그냥 잠깐 일행을 잃어버린 것뿐이라고 생각했건만, 상황이 점점 더 심각해지고 있음을 깨닫자 갑자기 위기감이 밀려들었다.

"노숙하자고?"

"그 전에 누군가 찾아내주겠지."

일단 그렇게 결정을 내리고 나자 뭔가 각오가 섰는지, 카스가는 편안하게 나무에 기대앉았다.

나는 땅바닥에 쭈그리고 앉아 어쩔 수 없지, 하고 중얼거렸다.

밤이 되었지만 아무도 찾으러 올 기미가 없었다.

네온사인도 가로등 불빛도 없는 산속은 칠흑처럼 어두웠고, 인기척도 없어 조용했다.

카스가와 나는 배낭을 베개 삼아 바닥에 드러누웠다.

"카스가, 왜 소야마를 좋아하게 된 거야?"

새삼스러운 질문이라고 생각하면서도 나는 그렇게 물었다.

"아마 여자들은 전부 처음에는 소야마에게 반하는 걸 거야. 남자들이 전부 나루세에게 반하는 것처럼."

듣고 보니 내게도 짚이는 구석이 있었기에, 그 대답에는 쉽사리

수긍이 갔다.

"하지만 사람의 뛰어난 점을 좋아하는 게 차츰 허무해져가는 거지."

"예전에 우리 누나가 한 말인데……."

나는 당시에 나눈 대화를 떠올리며 입을 열었다.

"어릴 때는 달리기 잘하는 애가 좋았대."

코우 형은 학창시절 이어달리기를 하면 늘 마지막 주자를 맡았다며 툭하면 쓸데없는 자랑을 늘어놓고는 했었다.

"그러다 점점 싸움 잘하는 애가 좋아지더니 똑똑한 사람이 좋아지고, 친구 많은 남자가 좋아지는가 싶더니 이제는 연봉이 높은 남자한테 끌린대. 그러면서 앞으로는 어떻게 되려나? 라고 했어."

"문제는 달리기 잘하는 애가 다쳐서 다시는 달리지 못하게 되어도 좋아하는 마음은 사라지지 않는다는 거지."

카스가도 나도 종착점을 정해 놓지 않고 그저 순수하게 이야기를 주고받았으므로, 이 대화가 어디로 흘러갈지는 알 수 없었다.

"내 생각엔 말이야, 좋아하게 되는 시점을 전후해서 좋아한다는 감정이 변질되는 게 아닐까 싶어."

카스가는 가만히 자기 손바닥을 응시하다가 내게로 손을 뻗었다.

"이렇게……."

하얀 손이 기도를 드리듯 다가와 내 시야를 물들였다.

"좋아하게 돼서, 손을 뻗고……."

무의식적으로 나도 똑같이 손을 뻗었다.

"둘이서 손을 맞잡으면……."

손이 포개지고, 손가락과 손가락이 얽혔다.

"처음에는 행복할지도 몰라. 하지만 계속 잡고 있다 보면 점점 괴로워지는 거지."

카스가가 손을 빼자 내 손이 쫓아갔다. 손가락이 맞물릴 때마다 서로를 어루만졌고, 손바닥을 펴서 맞대었다가 상대방의 손이 나를 꼬집어도 놓지 않았다. 느슨하고 평온한가 싶으면 세게 끌어당겼다 밀어냈다 하면서도 결코 손을 떼지는 않았다.

"호흡을 맞추어 함께 변화해나가지 않으면 오래오래 손을 잡고 있을 수 없어."

이윽고 손의 움직임이 멎더니, 손가락이 살며시 손톱을 쓰다듬었다.

"하지만 그렇다 해도, 여기가 추락해가는 하늘이나 바다라 할지라도 맞잡은 손을 놓지 않아. 그렇게 믿어. 그런 게 진짜 사랑이라고 생각해."

나는 아무 말도 하지 않았다.

"더 고민해."

그렇게 말하며 카스가는 미소 지었다.

"나 말이야, 나루세가 아오키 널 좋아하는 이유를 알 것 같아. 아마 그렇게 미숙한 면이 네 본질일 테니까."

그리고 카스가는 다섯 손가락 전부로 감싸 안듯 내 손을 잡으며 덧붙였다.

"난 그렇게 고민하는 네가 좋아. 아오키 네가 그냥 약아빠지기만 한 속물이었으면 별로 관심 없었을 거야. 고민하고, 온힘으로 발버둥친 끝에 결론을 내리는 네가 좋아. 주관이 뚜렷한 게 멋져 보일지도 모르지만, 그래도 난 아오키 네가 좋아."

나는 그저 사실대로 말하기만 하면 되었다.

"난 카스가 네게 구원받았다고 생각해."

누구와 함께 있든 혼자였기에, 줄곧 불안해서 죽을 것 같았다.

"지금도 그 점은 변함없어."

나는 점차 가슴속에 깃든 생각과 입에서 나오는 말이 일치하는 감각을 되찾아갔다. 아주 오랜만에 느껴보는 감각이었다.

"고마워."

이튿날 아침, 우리를 찾으러 온 아저씨들의 도움으로 카스가와 나는 무사히 산에서 내려왔다.

"둘 다 살아 있어서 다행이야."

나중에 나루세가 건넨 말에 나 역시 동감이라고 생각했다.

일요일 밤에 바깥을 돌아다니다 보니 지극히 평범한 다리 한쪽 끝에 사람들이 옹기종기 모여 서 있는 게 보였다. 무슨 행사라도 하나? 연예인이 왔다든가. 그렇게 생각하며 유심히 보니 그 자리에 있는 수많은 사람들의 시선이 하나같이 스마트폰에 꽂혀 있었다. 그 모습에 아하, 포켓몬GO 때문이구나 하고 깨달았다.

그 인파 속에 나루세가 있어서, 순간적으로 눈이 마주쳤다.

"잠깐만 기다려봐, 아오키. 지금 좀 바쁘거든."

"괜찮아. 다음에 보자."

다시 걸음을 옮기려 하자, 나루세가 내 팔을 붙잡으며 "기다리라니까."라고 말했다.

심심해서 나루세의 휴대폰을 들여다보았다. 몬스터 볼이 날아갔다.

"나루세, 포켓몬 수집하는구나."

"걸어야 되니까 운동도 할 겸 해서. 아오키 넌 어떤 게임 좋아해?"

"충격 받을지도 몰라."

"이제 와서 뭘."

"사람 죽이는 게임을 좋아해."

"에이, 난 또 뭐라고. 남자들은 원래 그러잖아."

나루세는 분주하게 손가락을 놀려 노리던 포켓몬을 포획했다. "됐다." 하고 혼잣말을 하더니 스마트폰을 청바지 주머니에 집어넣고 내게 말했다.

"그게 무슨 마음의 병이라도 돼? 하여튼 바보라니까."

나루세가 진지한 표정으로 핀잔을 주자, 그런 일로 다소 찜찜한 기분을 맛보았던 나 자신이 우습게 느껴졌다.

"잠깐 걷지 않을래?"

나루세는 그렇게 말하더니 내 대답을 듣기도 전에 앞장서서 걸음을 옮겼다. 나는 서둘러 그 뒤를 따라갔다.

딱히 건너편에 볼일이 있는 것도 아니면서 둘이 나란히 커다란 철교를 건넜다.

"아오키, 넌 사람 죽이는 게임을 하다 보면 사람을 죽일 수 있게 된다고 믿는 쪽이야?"

"그야 콜럼바인 고교 총기난사 사건의 범인도 게임을 했었으니까. 흔히들 그러잖아. 현실과 망상을 구분하지 못하게 돼서 사람을 죽이게 된다고, TV에서."

나루세는 피식 웃고는 걸으면서 두 팔을 하늘로 뻗었다.

"어른들이란 자기가 잘 모르는 게 있으면 조사도 체험도, 심지어 이야기를 듣는 시간마저도 아까워서 본인의 주관과 느낌, 근거 없는 망상으로 금방 결론을 내려버리니까. 그런 식으로 자기 안의 망상과 현실을 구분하지 못하는 사람이 있어. 그렇게 생각하면 인간이란 결국 망상 속을 살아가는 게 아닐까 싶어."

커다란 강물에 거리의 불빛이 반사되어 일렁거렸다.

"따지고 보면 연애도 그런 면이 있지."

그 말에 나는 나루세가 뭔가 중요한 이야기를 하려고 한다는 사실을 깨달았다.

"상대방을 잘 모르면서 멋대로 망상하고, 자기 안의 망상을 사랑하는 거야. 상대방의 진실을 모르는 채로. 아오키 네가 나를 좋아했던 것처럼. 내가 너를 좋아했던 것처럼."

계속해서 걸음을 옮기자, 일상적인 풍경이 영화 속 엔딩 크레딧처럼 흘러갔다.

"있잖아, 나 계속 생각해봤는데…… 아무래도 뭔가 이유가 있어서 좋아하게 되는 게 아니라, 좋아하게 된 다음에 그 이유를 찾는 것 같아. 그렇게 해서 찾아낸 이유를 믿고 싶은 까닭은 안심하고 싶기 때문이야. 좋아하게 된 이유가 정상이면 정상일수록 생존에 유리하니까. 아오키 네 말을 빌리면 다들 포인트를 찾는 걸 거야. 포인트가 안 보이면 그 사람의 윤곽이 녹아서 사라져가는 것처럼 느껴지니까 아무래도 무섭지. 소야마보다 포인트가 낮은 아오키 네가 좋아진 이유는 너라면 나한테 못된 짓은 안 할 테고, 보아하니 날 좋아하는 눈치고, 무엇보다도 내 뜻대로 휘두를 수 있다고 생각했으니까. 하지만 네가 그런 식으로 추락한 후에도 나는 신기하게도 네가 좋았어. 그래서 왜 그럴까 하고 줄곧 고민했어. 네가 내 앞에서 보여줬던 가식적인 면모가 사라지고, 아무것도 없어진 후에 생각했어."

나루세는 걸음을 멈추고 나를 보았다.

그 아름다운 얼굴은 아무것도 없는 하늘처럼 맑았다.

"아무래도 난 진짜 네가 무척 순수하다는 점이 좋은 것 같아. 순수한 자신을 지키려고 이것저것 눈속임을 해왔던 예전의 너보다 지금의 꾸밈없는 너를 좋아하는 게 아닐까 싶어. 그러니까 아오키, 계속 순수한 채로 남아줘. 왠지 나랑 사귀어야 할 것 같은 기분이 든다는 이유로 결정을 내리지는 마. 공정하게 판단해줘."

그런 나루세의 모습이 내 눈에는 무척 당당하게 보였다.

"알았어."

내가 진지하게 대답하자, 나루세는 쑥스러운 기색으로 고개를 숙이고 나직하게 중얼거렸다.

"나 이렇게 자신 없기는 처음이야. 막 두근거려."

그리고 우리는 한동안 말이 없었다.

지나가는 자전거 바람에 우리 둘의 옷자락이 나부꼈고, 그것을 계기로 우리는 헤어졌다.

집에 돌아오자 결혼 준비로 한창 바쁠 터인 누나가 툇마루에서 츄하이를 마시고 있었다.

내가 옆에 앉자 누나가 뭐냐는 표정을 지었다. 그냥, 이라는 얼굴을 해보이고는 불현듯 생각나서 물었다.

"저기, 누나. 학창시절에 남자인 친구 있었어?"

"당연하지."

"결혼식에 와?"

내 말에 누나는 웃으며 "올 리가 없잖아."라고 대답했다.

"근데 그러고 보니 진짜 왜 그럴까? 내가 초대한 사람, 남자는 회사 사람이 다야. 세상 사람 모두가 그렇지는 않을 테지만……."

"초대하지 그래?"

시험 삼아 제안해보았더니, 누나는 뜻밖에도 선선히 "그럴까?"라고 대꾸하며 휴대폰을 집어 들었다.

"있잖아, 누나."

나는 줄곧 궁금했던 점을 물어보기로 했다. 어쩌면 이렇게 남매끼리 이야기할 기회가 다시는 오지 않을지도 모른다는 생각이 들었기 때문이다.
"왜 그 사람하고 결혼하기로 했어?"
"그야 돈 없이는 못 사니까."
누나는 휴대폰에서 시선을 떼지 않고 대답했다.
"결혼은 현실이잖아. 이상만 믿고 살아가기에는 너무 나이를 먹었을 뿐이야."
"그런 이유로 결정해도 정말 괜찮겠어?"
내 말에 누나는 발끈한 얼굴로 나를 보았다.
"하지만 아이는 낳고 싶은걸? 키우려면 필요한 게 있고. 다 그런 법이잖아."
반론하던 누나는 살짝 표정을 풀고 집 밖의 하늘로 시선을 향했다.
"그래도 난 아이가 태어나면 이상적인 말만 하면서 키울 거야."
누나는 옆에 놓여 있던 손톱깎이로 발톱을 깎기 시작했다.
"만약 딸이라면 맨 처음 좋아하게 되는 건 분명 달리기를 잘하는 애겠지."
누나가 그렇게 먼 미래를 머릿속에 그려보는 사이, 발톱 깎는 소리만이 울려 퍼졌다.
"힘들구나."
누나는 작게 하품을 했다.
"그래도 넌 이상만 믿으면 돼. 아직 어린애니까."
그렇게 말하고 누나는 내 머리를 가볍게 토닥였다.
"응."

내 방으로 가려고 일어나서 계단에 발을 올려놓았지만, 아무래도 신경이 쓰여서 누나에게 물었다.

"코우 형, 지금도 좋아해?"

누나는 한동안 아무 말도 하지 않았다.

발톱 깎는 소리가 멎었다.

조용했다.

오랜 침묵 끝에 누나는 입을 열었다.

"비밀이야."

잘 자라는 말을 남기고, 나는 계단을 올라갔다.

점심시간에 카스가와 같이 빵을 먹었다. 학교 교정의 벤치에서.

"아오키, 요즘 뭔가 달라졌어."

"그래?"

"어쩐지 남의 눈을 의식하지 않게 된 거 같아."

"그야 뭐."

나는 빵을 한 입 베어 물었다.

"많은 일이 있었으니까."

"그랬지."

"카스가 네 영향 아냐?"

내 말에 카스가는 내심 뿌듯한 얼굴로 웃었다.

"그럼 내 승리네."

"승부한 적 없잖아?"

내 말에 카스가가 나를 빤히 쳐다보았다.

"알았어."

햇살이 눈부셨다.

"내 패배야."

그때 우리를 발견하고 나루세가 다가왔다.

"무슨 이야기해?"

"아오키가 좀 멋있어 보인다는 이야기."

그러자 나루세는 양손 엄지와 검지로 카메라 파인더 모양을 만들더니, 한쪽 눈을 감고서 내 얼굴을 들여다보았다.

"글쎄, 그런가?"

그리고 나루세는 이야기하다 보니 생각났다는 듯 "마지막으로 셋이 함께 신나게 놀고 싶어."라고 했다.

"추억도 만들 겸."

카스가와 나는 서로 얼굴을 마주보았다.

"우리 여름 축제 가지 않을래?"

그렇게 말하며 나루세는 어디선가 받아온 행사 전단지를 꺼내서 우리에게 보여주었다.

어마어마한 행렬을 보자 죽을 것 같았다.

축제 당일 카스가와 나루세, 내가 전철에서 내리자, 역에서 행사장으로 가는 육교에 사람들이 꽉꽉 들어찬 모습이 눈에 들어왔다.

"진 빠지지 않아?" 축제 이야기를 꺼낸 장본인이면서 나루세가 맨 먼저 입을 열었다.

"나도 못 견딜 거 같아."

"나도."

공감대를 형성한 우리는 축제의 장을 떠나서 터덜터덜 걸었다.

그렇게 또다시 평범한 청춘에서 일탈해간다.

가까운 공원에 버려진 프리스비 원반을 발견하고 던지며 놀았다. 그러다가 금방 싫증이 나서 셋이 나란히 벤치에 앉아 주스를 마셨다. "아오키, 넌 세븐업 마실 거지?" 나루세가 사왔다.

"아무도 관심 없는 이야기를 하는 사람이 우승하는 선수권 하자." 카스가가 제안했다. "우리 언니, 이번에도 남친이 생기자마자 헤어졌어." "나 키가 작년보다 2센티 컸다." "어저께 접시 깼어." 카스가가 우승했다.

"가위바위보 하자." 카스가가 내놓은 썰렁한 아이디어를 조금이나마 재미나게 만들기 위해, 나루세와 나는 아무 말 없이 무표정을 유지한 채 초스피드로 반응해서 잽싸게 가위를 냈다.

"이것 봐. 나 이상한 표정 잘한다?"

카스가가 그렇게 말하며 얼굴을 괴상하게 일그러뜨렸다. 그 모습에 어처구니가 없어진 나는 "뭐야, 침묵이 그렇게 무서워?" 라고 핀잔을 주었다.

"응."

카스가가 입을 다물자 순식간에 공원이 조용해졌다.

"침묵은 무서워."

카스가의 눈이 점점 맑아지는 것처럼 보여, 나는 동요했다.

"침묵은 진실을 불러오니까."

그런지도 모른다. 우리는 모두 무서운 것인지도 모른다.

하지만 지금은 아무에게도 마음을 열지 않는 게 훨씬 무서운 일이라는 사실을 안다. 타인을 속이다 보면 결국은 본인의 마음마저 속이게 된다는 사실도 깨달았다. 그러다 보면 스스로의 감정조차도 이해하지 못하게 되어, 아무것도 느끼지 못하게 되고 만다. 그렇게 되고 싶지는 않았다.

"아오키."

조용히 앉아 있던 나루세가 입을 열었다.

"넌 누가 좋아?"

"난……."

진정한 의미에서 무언가를 솔직하게 이야기하기는 몹시 어렵다.

조금만 긴장을 늦춰도 금방 뻔한 말을 늘어놓고 싶어진다.

남에게 호의를 전할 때조차도 그 점은 마찬가지라, 편리한 고백의 말은 세상에 넘쳐흐르지만 그렇지 않은 말을 찾아내기는 역시 어렵다.

"나루세가 좋아."

어떻게 해야 내 마음을 제대로 전할 수 있을까.

"무척 솔직하고, 무서워하면서도 자신을 드러내 보일 줄 알고, 마음씨 따스해서 다른 사람을 생각하고 배려할 줄 아는 나루세가 좋아."

그렇지만.

"하지만 난 카스가가 정말 좋아. 울보에다 맹하고 툭하면 땅이나 파고, 아무 생각 없이 내달리는 것 같아도 사실은 끊임없이 고민하는 카스가가 좋아. 같이 고민하고, 언젠가 이상론만으로는 통하지 않는 날이 오더라도 같은 고민을 나눌 수 있는 사람은 카스가라고 생각하니까. 카스가와 계속 함께 고민하고 싶어."

"……그렇구나."

나루세가 땅이 꺼지라 한숨을 쉬며 두 손으로 얼굴을 감쌌다.

나는 걱정스러운 마음으로 그 표정을 살폈다.

"차이면 슬퍼서 울어버리는 게 아닐까 했는데……."

나루세는 웃고 있었다.

"생각보다 멀쩡하네."

나루세는 힘차게 몸을 일으키더니 후련한 목소리로 말했다.

"그래도 지금까지 함께 보낸 시간은 정말 농밀했어. 잊지 못할 거야."

그 말을 끝으로 나루세는 혼자 공원을 빠져나가려 했다.

"나루세."

카스가가 그런 나루세의 뒷모습을 향해 말했다.

"우리 다음 주에 같이 옷 사러 가자."

나루세는 걸음을 멈추고 잠시 생각에 잠겼다가,

"그래."라고 대답했다.

"또 봐."

나루세는 홀로 걸음을 옮겼다.

고요한 정적이 내려앉은 공원에 카스가와 단둘이 남았다.

우리는 한동안 말없이 밤하늘을 바라보았다.

"좀 더 이쪽으로 오는 게 어때?"

카스가의 말에 나는 시키는 대로 했다.

"왜 내가 아오키랑 사귀게 된 거지? 잘 모르겠어."

카스가가 난감한 기색으로 말하는 바람에 나는 조금 놀랐다.

"이상해."

"난……."

카스가의 손을 잡아 눈앞으로 가져왔다.

"카스가 너하고 처음 이야기했을 때부터 변하기 시작했다고 생각해."

손목을 안쪽으로 살짝 기울이자, 그에 응하듯 카스가도 힘을 뺐다.

"난 너와 함께 있으면서 변해가는 날 좋아하게 될 것 같아."

카스가가 맞잡은 손을 끌어당겼다.

"변해가는 건 무섭지만……."

몸이 겹쳐졌다.

"그래도 난 변해가는 아오키가 좋은지도 몰라."

우리는 서로를 마주보았다.

"계속 함께 있을 수 있을까?"

"노력하기 나름이겠지."

"하긴."

그리고 우리는 동시에 한숨을 쉬었다.

"아오키, 나랑 뭘 하고 싶어? 난 나이트 풀[#11] 가보고 싶었는데."

"정말 황당한 소원이네. 이유가 뭐야?"

"시험 삼아 인싸처럼 놀아보고 싶었거든."

"놀이공원에서 회전목마 타고?"

"머리가 띵할 때까지 빙수 먹고."

"우리가 생각하는 인싸의 이미지, 뭔가 미묘한데?"

"그야 당연하지. 줄곧 미묘했으니까."

"앞으로 충실하게 살아가면 돼."

"응."

카스가의 얼굴이 코앞에서 가만히 나를 보고 있었다.

"앞으로는 즐거운 일이 많을 거야."

그랬으면 좋겠다고 생각했다.

그로부터 몇 달이 지나 몸을 조금 다친 다음 날 아침, 옷장 문을 열자 녹색 터틀넥 스웨터가 눈에 들어왔다.

전에 선물 받은 코우 형의 스웨터였다.

입고 가기로 했다.

분위기를 못 맞추고 눈치가 없고 말주변이 없어도, 억지로 하기 싫은 말을 하거나 하기 싫은 행동을 하지 않아도 되니까 그저 정

#11 나이트 풀 야간 개장하는 수영장으로 화려한 조명을 이용해 포토 존으로 급부상한 일본의 핫플레이스.

직하게 살아가기로 마음먹었다.

카스가 말이 옳았다. 이토록 당연한 사실을 왜 여태까지 몰랐던 걸까?

현관에서 스니커즈를 신는데, 나를 본 누나가 말을 걸었다.

"그 스웨터, 옛날 생각나네. 그나저나 갑자기 무슨 바람이 분 거야?"

"그냥. 남들이 나를 어떻게 생각하는가는 중요한 문제지만, 그걸 내면화하지는 않기로 했을 뿐이야."

"으음…… 한마디로 고2병에서 졸업했다는 뜻이야?"

이렇게 힘들고 어려운 일, 불안해서 눈물이 날 것만 같은 일을 중2병이나 고2병 같은 단순한 말로 정의해버리지 않았으면 좋겠다고 생각했다.

"뭐 그렇게 해석해도 되고."

나는 신발을 신고 집을 나섰다.

이것은 내가 적당히 살아가는 이야기가 아니다.

내가 뭔가 이상한 힘을 얻어 전형적인 히어로로 거듭나는 성공담은 더더욱 아니다.

그보다는 더 리얼하고 절실하며 지극히 평범한 이야기가 아닐까 한다.

이것은 내가 나를 되찾는 이야기.

그리고 적당함이 아닌 특별함이 무엇인지를 깨닫기까지의 이야기다.

교문 앞에서 카스가와 딱 마주치는 바람에 깜짝 놀랐다.

"아오키, 그 옷 멋진데?"

"카스가, 너 패션 감각 완전 꽝이다."

함께 웃고 우리는 교실로 향했다.

"근데 아오키, 그 목발은 뭐야?"

"요 앞에서 넘어져서 뼈가 부러지는 바람에."

"거짓말도 정도껏 해야 믿지."

문 앞에서 한 차례 심호흡을 했다.

다리가 얼어붙으려고 했다.

카스가가 내 엉덩이를 찰싹 때렸다. 너무 세게 때리는 거 아닌가 싶었지만, 지금 그런 것은 중요하지 않았다.

"괜찮아. 내가 옆에 있으니까."

카스가의 말에 나는 "믿음직한걸?" 하고 웃었다.

"참, 아오키. xvideos가 뭐야?"

"뭐야, 모르고 한 소리였어?"

나는 신중하게 말을 골랐다.

"유튜브 비슷한 거야."

"그런 데다 동영상을 올리려고 했단 말이야? 진짜 비열하기 짝이 없네."

"그러게."

솔직하게 고백하면 지금도 가끔 포인트가 보일 때가 있다.
계속 보고 있으면 예전의 나로 돌아갈 것 같은 기분이 든다.
교활한 내가 슬그머니 고개를 든다. 포인트를 봐. 이해타산에 금세 마음속까지 지배당하고 말 것만 같다.
그것이 무섭다.
그럴 때면 언제나 눈을 감고 심호흡을 한다.
그리고 누나라든가 코우 형, 나루세, 카스가…… 그리고 부모님 같은 많은 얼굴들을 하나씩 떠올려본다.
그러다 보면 점점 포인트 따위 어찌되든 상관없다는 생각이 들기 시작하니 신기할 따름이다.
그 얼굴들 덕분에 나는 아직 똑바로 살아갈 수 있다.
눈을 뜬다.
인간에게는 눈에 보이지 않는 포인트가 있다.
그 포인트는 언제나 우리의 삶을 좌우하려 든다.
포인트는 중요한지도 모른다.
이 세상에서 살아남기 위해서는.
그래도 나는 포인트로 환산할 수 없는 것을 소중하게 여기면서 살아가고 싶다.
지금은 진심으로 그렇게 생각한다.
고개를 돌리면 절망과 냉소가 우리를 끌어들이려고 호시탐탐 기회를 엿보고 있다.
하지만 나는 그 절망이 지금 이 순간이 전부인 우리의 시간을 빼앗아가도록 내버려둘 생각은 없다.

나는 이상을 믿는다.

분명 어떻게든 되겠지. 그렇게 무책임하게, 잠시 후의 미래의 자신에게 통째로 떠넘기고 아무 생각 없이 눈앞의 한 걸음에 집중한다.

그리고 나는 좋은 일과 싫은 일이 공존하는 교실로 들어갔다.

■ 작가 후기

제가 맨 처음 제 **포인트**를 의식하게 된 것은 대학교 4학년 때였습니다.

취업 활동을 하면서 인터넷에서 이런저런 정보를 찾아보다가 우연히 취직 포인트라는 용어를 접하게 되었습니다.

연봉과 규모 등 다양한 잣대에 따라 세상의 많은 회사에 종합적으로 포인트를 매기고 순위를 책정해놓은 사이트가 있었습니다. 포인트가 높을수록 입사하기가 어려워집니다. 일종의 취직 난이도 랭킹인 셈입니다. 마치 대학 입시의 커트라인 점수 같았습니다.

하지만 그게 다가 아니었습니다. 대학 입시에 학교의 점수와 학생의 점수가 존재하는 것처럼 면접을 치르는 지원자에게도 아주 꼼꼼하게 포인트가 매겨졌습니다. 재학 중인 학교의 등급이 하나의 기준이 되고, 그 밖에도 토익 점수라든가 동아리 활동이나 봉사활동 실적, 따기 힘든 자격증의 유무, 비즈니스와 관련된 분야를 전공했는가 등의 요소에 따라 포인트가 달라지는 식이었습니다.

그런 글들을 보면서 저는 점차 취업할 때는 내 포인트에 걸맞은 회사에 지원하는 편이 좋지 않을까 하는 생각을 품게 되었습니다. 괜한 욕심을 부려 가망이 없는 회사에만 도전하다 보면 허송세월만 하다가 이른바 「입사 미정자」, 즉 백수의 길로 돌진하고 말 테니까요.

그런데 그 당시 저는 어정쩡한 수준의 사립대학, 그것도 문학부에 다니는 스펙 없는 대학생이었습니다. 제 포인트를 냉정하게 분석해보고, 그 결과에 경악했습니다.

나는 참으로 보잘것없는 인간이었구나 하는 생각이 들었습니다.

전에는 한 번도 그런 생각을 해본 적이 없었습니다.

그 처참한 포인트에 이럴 작정은 아니었는데, 하고 자괴감을 맛보았습니다.

결국 저는 최대한 조건이 좋으면서 야근이 적어 소설 쓸 시간을 최대한 많이 확보할 수 있는 회사를 찾기로 했습니다. 소설가들의 과거 인터뷰를 샅샅이 뒤져보니 그런 경우가 꽤 많았습니다. 업무 내용이 무엇인지는 중요하지 않았습니다. 저는 그렇게 제 포인트에 걸맞은 회사를 찾아 잇달아 면접을 보았고, 취직하여 사회인이 되었습니다.

당시의 저는 그러한 포인트를 내면화했던 게 아닐까 합니다.

마치 작중의 아오키처럼 말입니다.

한편 제 주위 사람들은 각양각색이었습니다. 실제로 취업에 실패해 아르바이트를 하며 사는 사람이 있는가 하면 만화가가 된 사람도 있었고, 어디로 보나 포인트가 높은 기업에 들어간 사람도 있었습니다. 또 세간의 평가는 안중에도 없이 포인트가 낮을지라도 본인이 가고 싶은 회사를 골라 입사하거나 프리랜서로 활동하기 시작한 사람, 갑자기 유학을 떠난 사람에 연구자를 꿈꾸며 대학원으로 진학한 사람도 있었습니다. 다들 하고 싶은 대로 했습니다.

제가 평범하게 취직하기로 했다는 이야기를 하자, 제 지인들은 대부분 왠지 김샜다는 것처럼 재미없다는 식의 반응을 보였습니다.

저는 제가 몹시 시시한 인간이 된 것 같은 기분이 들었습니다.

회사에서 일하다 보니 결국 소설도 쓰지 않게 되었고, 저는 날마다 저 자신을 타일렀습니다.

딱히 최고라는 말은 아니야. 꿈은 이루지 못했지만, 그럭저럭 나쁘지 않은 인생이잖아?

받아들이자. 어른이 된다는 것은 그런 의미니까. 선을 긋자고.

하지만 인생의 어느 시점에서 뭔가를 선택해야 할 때. 결혼할까 아니면 헤어질까. 아니면 더 사소한 선택, 예컨대 비싼 물건을 살까 말까 고민할 때. 그럴 때면 마음속에서 10대 시절의 제가 항상 저를 질타하고는 했습니다.

넌 아직 아무것도 이룬 게 없잖아.

네 인생은 제로잖아.

부엌 바닥에 주저앉아 멍하니 생각했습니다.

인정한다. 내 인생은 완벽하게 제로야.

저는 제 나름대로 열심히 포인트를 쌓아올리며 살아왔다고 자부했습니다. 하지만 그 포인트는 세간에서는 가치 있는 것일지 몰라도 저에게는 아무런 가치도 없었습니다.

참담한 심정으로 그 사실을 깨달은 순간, 포인트는 급속하게 제 안에서 의미를 잃었습니다. 그리고 오로지 저에게 중요한 것만이 남았습니다.

그래서 저는 컴퓨터 앞에 앉아 그저 묵묵히 소설을 쓰기 시작했습니다.

마지막으로 감사의 말을 전하려 합니다. 일러스트를 맡아주신 loundraw 님, 매번 그렇지만 일러스트를 보고 제 작품에 자신과 긍지를 가지게 되었습니다. 담당 편집자 유자와 님과 엔도 님, 빠릿빠릿하게 쓰지 못해서 죄송합니다.

이 책을 출간하는 데 힘써주신 모든 분들께 감사드립니다.

그러고 보니 얼마 전에 도쿄 근교로 이사했습니다. 오랜만에 혼자 살게 되었습니다만, 딱히 사람을 만나는 일도 없이 내내 집에 틀어박혀 지내는 중입니다. 최근에는 조금 괜찮은 책상과 의자를 샀습니다. 앞으로도 계속 노력하겠습니다.

사노 테츠야

아오하루 포인트

초판 1쇄 발행 2024년 12월 20일

지은이_ Tetsuya Sano
박정원
옮긴이_ 박정원

발행인_ 최원영
본부장_ 장혜경
편집장_ 김승신
편집진행_ 권세라 · 최혁수 · 김경민 · 최정민
편집디자인_ 양우연
국제업무_ 박진해 · 조은지 · 남궁명일
관리 · 영업_ 김민원 · 조은걸

펴낸곳_ (주)디앤씨미디어
등록_ 2002년 4월 25일 제20-260호
주소_ 서울시 구로구 디지털로 32길 30, 코오롱디지털타워빌란트 1301-1308호
전화_ 02-333-2513(대표)
팩시밀리_ 02-333-2514
이메일_ lnovellove@naver.com
L노벨 공식 카페_ http://cafe.naver.com/lnovel11

ISBN 979-11-278-7213-7 03830

값 12,000원